宋词三百首

唐诗宋词细品慢讲

上彊邨民 编　沈可宜 注

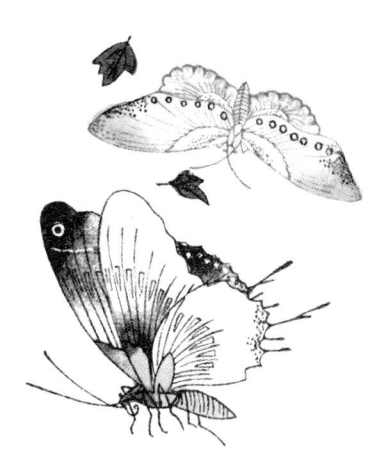

文津出版社

图书在版编目（CIP）数据

宋词三百首/（清）上彊邨民编；沈可宜注. —北京：文津出版社，2017.7
（唐诗宋词细品慢讲）
ISBN 978-7-80554-653-7

Ⅰ.①宋… Ⅱ.①上… ②沈… Ⅲ.①宋词—选集 Ⅳ.①I222.844

中国版本图书馆CIP数据核字（2017）第085744号

·唐诗宋词细品慢讲·

宋词三百首

SONGCI SANBAI SHOU

上彊邨民 编　　沈可宜 注

*

文 津 出 版 社 出 版
（北京北三环中路6号）
邮政编码：100120
网　　址：www.bph.com.cn
北 京 出 版 集 团 公 司 总 发 行
新 华 书 店 经 销
大厂回族自治县益利印刷有限公司

*

880毫米×1230毫米　32开本　9.875印张　190千字
2017年7月第1版　2017年7月第1次印刷
ISBN 978-7-80554-653-7
定价：36.00元
质量监督电话：010-58572393

出 版 说 明

彊邨先生（朱祖谋）编选的《宋词三百首》成书于1924年。正如唐圭璋先生所言，此选"量既较多，而内容主旨以浑成为归，亦较精辟。大抵宋词专家及其代表作品俱已入录，即次要作家如时彦、周紫芝、韩元吉、袁去华、黄孝迈等所制浑成之作，亦广泛采及，不弃遗珠"。(《宋词三百首笺注》自序）如此，本书在选词上已优于以前的宋词选本。它共选录两宋87位词人的300首优秀词作，沿袭旧书的编排体例，首录帝王（宋徽宗），末录女流（李清照），其余作家则依时为序。注释本对此不作改动，但为了帮助读者理解词意，注者参照《全宋词》和其他宋词选本以及词人别集，增加了一些标题或词前小序。另外，原书把李重元的《忆王孙·萋萋芳草忆王孙》一词误列在李甲名下，今予以更正；对某些作者有争议的词作，则加注释说明。如《青玉案·年年社日停针线》一词，原书题作黄公绍作，而《全宋词》则为无名氏的作品，黄氏别集中也未收此词，如此，注者便两列其说，以待有意者考实。

本书注释以典故为主，旁及名物及一些生僻字词，对某些不易理解的词句则加以简要说解。失当之处，请广大读者批评指正。

目　录

徽宗皇帝
001　/ 燕山亭

钱惟演
003　/ 木兰花

范仲淹
004　/ 渔家傲
005　/ 苏幕遮
006　/ 御街行

张　先
007　/ 千秋岁
008　/ 菩萨蛮
008　/ 醉垂鞭
009　/ 一丛花令

009 / 天仙子
010 / 青门引

晏　殊

011 / 浣溪沙
011 / 浣溪沙
012 / 清平乐
013 / 清平乐
013 / 木兰花
014 / 木兰花
015 / 木兰花
015 / 踏莎行
016 / 踏莎行
016 / 踏莎行
017 / 蝶恋花

韩　缜

018 / 凤箫吟

宋　祁

019 / 木兰花

欧阳修

020 / 采桑子
021 / 诉衷情
021 / 踏莎行
022 / 蝶恋花
022 / 蝶恋花
023 / 蝶恋花
023 / 木兰花
024 / 临江仙
024 / 浣溪沙
025 / 浪淘沙
025 / 青玉案

柳　永

027 / 曲玉管
028 / 雨霖铃
029 / 蝶恋花
029 / 采莲令
030 / 浪淘沙慢
031 / 定风波

032 / 少年游
032 / 戚氏
033 / 夜半乐
035 / 玉蝴蝶
035 / 八声甘州
036 / 迷神引
037 / 竹马子

王安石
038 / 桂枝香
039 / 千秋岁引

王安国
041 / 清平乐

晏几道
042 / 临江仙
043 / 蝶恋花
043 / 蝶恋花
044 / 鹧鸪天
044 / 鹧鸪天

045 / 生查子

045 / 生查子

046 / 木兰花

046 / 木兰花

047 / 清平乐

047 / 阮郎归

048 / 阮郎归

048 / 六么令

049 / 御街行

050 / 虞美人

050 / 留春令

051 / 思远人

苏　轼

052 / 水调歌头

053 / 水龙吟

054 / 念奴娇

055 / 永遇乐

056 / 洞仙歌

057 / 卜算子

058 / 青玉案

059 / 临江仙

060 / 定风波

061 / 江城子

062 / 木兰花令

063 / 贺新郎

黄庭坚

064 / 鹧鸪天

065 / 定风波

秦　观

066 / 望海潮

067 / 八六子

068 / 满庭芳

069 / 满庭芳

070 / 减字木兰花

070 / 踏莎行

071 / 浣溪沙

072 / 阮郎归

073 / 鹧鸪天

晁元礼

074 / 绿头鸭

赵令畤

076 / 蝶恋花
077 / 蝶恋花
077 / 清平乐

张　耒

078 / 风流子

晁补之

080 / 水龙吟
081 / 盐角儿
081 / 忆少年
082 / 洞仙歌

晁冲之

084 / 临江仙

舒　亶

085 / 虞美人

朱　服

086 / 渔家傲

毛　滂

087 / 惜分飞

陈　克

088 / 菩萨蛮
089 / 菩萨蛮

李元膺

090 / 洞仙歌

时　彦

091 / 青门饮

李之仪

092 / 谢池春

093 / 卜算子

周邦彦

094 / 瑞龙吟

095 / 风流子

096 / 兰陵王

097 / 琐窗寒

098 / 六丑

100 / 夜飞鹊

101 / 满庭芳

102 / 过秦楼

103 / 花犯

104 / 大酺

105 / 解语花

106 / 定风波

107 / 蝶恋花

107 / 解连环

108 / 拜星月慢

109 / 关河令

109 / 绮寮怨

110 / 尉迟杯

111 / 西河

112 / 瑞鹤仙

113 / 浪淘沙慢

114 / 应天长

115 / 夜游宫

贺　铸

116 / 更漏子

116 / 青玉案

117 / 感皇恩

118 / 薄幸

119 / 浣溪沙

119 / 浣溪沙

120 / 石州慢

120 / 蝶恋花

121 / 天门谣

122 / 天香

122 / 望湘人

124 / 绿头鸭

张元干

125 / 石州慢

126 / 兰陵王

叶梦得

127 / 贺新郎

128 / 虞美人

汪　藻

129 / 点绛唇

刘一止

130 / 喜迁莺

韩　疁

131 / 高阳台

李　邴

132 / 汉宫春

陈与义

133 / 临江仙

134 / 临江仙

蔡　伸

135 / 苏武慢

136 / 柳梢青

周紫芝

137 / 鹧鸪天

138 / 踏莎行

李　甲

139 / 帝台春

李重元

140 / 忆王孙

万俟咏

141 / 三台

徐 伸

143 / 二郎神

田 为

144 / 江神子慢

曹 组

145 / 蓦山溪

李 玉

146 / 贺新郎

廖世美

147 / 烛影摇红

吕渭老

148 / 薄幸

查 荎

149 / 透碧霄

鲁逸仲

150 / 南浦

岳 飞

151 / 满江红

张 抡

153 / 烛影摇红

程 垓

155 / 水龙吟

张孝祥

156 / 六州歌头
157 / 念奴娇

韩元吉

159 / 六州歌头
160 / 好事近

袁去华

161 / 瑞鹤仙

162 / 剑器近

162 / 安公子

陆 淞

164 / 瑞鹤仙

陆 游

165 / 卜算子

166 / 渔家傲

166 / 定风波

167 / 钗头凤

陈 亮

168 / 水龙吟

范成大

170 / 忆秦娥

171 / 醉落魄

171 / 霜天晓角

蔡幼学

172 / 好事近

辛弃疾

173 / 贺新郎
175 / 贺新郎
176 / 水龙吟
177 / 摸鱼儿
178 / 永遇乐
180 / 木兰花慢
181 / 祝英台近
182 / 青玉案
182 / 鹧鸪天
183 / 菩萨蛮

姜　夔

185 / 点绛唇
186 / 鹧鸪天
186 / 踏莎行
187 / 庆宫春

189 / 齐天乐

190 / 琵琶仙

191 / 念奴娇

193 / 扬州慢

194 / 长亭怨慢

195 / 淡黄柳

196 / 暗香

197 / 疏影

199 / 翠楼吟

200 / 杏花天影

201 / 一萼红

202 / 霓裳中序第一

章良能

204 / 小重山

刘 过

205 / 唐多令

严 仁

207 / 木兰花

俞国宝

208 / 风入松

张　镃

209 / 满庭芳
210 / 燕山亭

史达祖

211 / 绮罗香
212 / 双双燕
213 / 东风第一枝
214 / 喜迁莺
214 / 三姝媚
215 / 秋霁
216 / 夜合花
216 / 玉蝴蝶
217 / 八归

刘克庄

219 / 生查子

220 / 贺新郎
221 / 贺新郎
222 / 木兰花

卢祖皋

223 / 江城子
224 / 宴清都

潘 牥

225 / 南乡子

陆 叡

226 / 瑞鹤仙

萧泰来

227 / 霜天晓角

吴文英

228 / 霜叶飞
229 / 宴清都
230 / 齐天乐

231	花犯
232	浣溪沙
232	浣溪沙
233	点绛唇
233	祝英台近
234	祝英台近
235	澡兰香
236	风入松
236	莺啼序
238	惜黄花慢
239	高阳台
240	高阳台
241	三姝媚
241	八声甘州
243	踏莎行
243	瑞鹤仙
244	鹧鸪天
245	夜游宫
245	青玉案
246	贺新郎
247	唐多令

黄孝迈

248 / 湘春夜月

潘希白

249 / 大有

黄公绍

251 / 青玉案

朱嗣发

252 / 摸鱼儿

刘辰翁

253 / 兰陵王
255 / 宝鼎现
256 / 永遇乐
258 / 摸鱼儿

周　密

259 / 瑶花慢

260 / 玉京秋
261 / 曲游春
262 / 花犯

蒋 捷

263 / 贺新郎
264 / 女冠子

张 炎

265 / 高阳台
266 / 八声甘州
267 / 解连环
268 / 疏影
269 / 月下笛
270 / 渡江云

王沂孙

272 / 天香
273 / 眉妩
274 / 齐天乐
275 / 高阳台

276 / 法曲献仙音

彭元逊
277 / 疏影
278 / 六丑

姚云文
279 / 紫萸香慢

僧　挥
281 / 金明池

李清照
282 / 如梦令
283 / 凤凰台上忆吹箫
284 / 醉花阴
284 / 声声慢
285 / 念奴娇
286 / 永遇乐
287 / 浣溪沙

徽宗皇帝

名赵佶（1082—1135），宋神宗第十一子。在位二十五年，禅位皇太子。靖康二年（1127），金人攻陷汴京，徽宗与钦宗及宫室多人被掳北去。宋高宗绍兴五年（1135）死于五国城（今黑龙江依兰县）。其诗文书画皆有名，且工于词。有《徽宗词》一卷。

燕 山 亭

北行见杏花①

裁剪冰绡②，轻叠数重，淡著胭脂匀注。新样靓妆③，艳溢香融，羞杀蕊珠宫女④。易得凋零，更多少无情风雨。愁苦！问院落凄凉，几番春暮？　凭寄离恨重重，这双燕何曾，会人言语？天遥地远，万水千山，知他故宫何处？怎不思量，除梦里有时曾去。无据，和梦也新来不做。

①北行：即被金人掳走，被迫离开故国。　②冰绡：洁白的丝绸。　③靓（jìng）妆：美丽的妆饰。　④蕊珠：道教所说的天上仙宫。蕊珠宫女指仙女。

钱惟演

钱惟演(977—1034),字希圣,钱塘(今浙江杭州)人。初为太仆少卿,后出知河阳。入宋后官右神武军将军,加同中书门下平章事(宰相)。坐事出为崇信军节度,归镇卒。谥曰思,改谥文僖。博览众籍,文辞清丽。《全宋词》存其词二首。

木 兰 花

城上风光莺语乱,城下烟波春拍岸。绿杨芳草几时休?泪眼愁肠先已断。　　情怀渐变成衰晚,鸾镜朱颜惊暗换①。昔年多病厌芳尊②,今日芳尊惟恐浅。

①鸾镜:饰有鸾鸟图案的妆镜。　②芳尊:酒杯的美称。

范仲淹

范仲淹（989—1052），字希文，吴县（今江苏苏州）人。大中祥符八年（1015）进士，官至枢密副使参知政事。西夏元昊叛，以龙图阁直学士副夏竦经略陕西，守边数年，西夏不敢犯境。有"先天下之忧而忧，后天下之乐而乐"的名言，有《范文正公诗余》一卷。

渔家傲

秋思

塞下秋来风景异①，衡阳雁去无留意②。四面边声连角起③。千嶂里④，长烟落日孤城闭。　　浊酒一杯家万里，燕然未勒归无计⑤。羌管悠悠霜满地⑥。人不寐，将军白发征夫泪。

①塞下：边塞一带。　②衡阳雁去：湖南衡阳有回雁峰，相传北雁南飞至此即止。　③边声：泛指边境上各种令人心惊的风号、马鸣、笳鼓等

声响。　④千嶂:形容群山环绕,有如屏障。　⑤燕然:燕然山,即杭爱山,在大漠北。东汉窦宪追击北匈奴至燕然山,刻石纪功而还。勒:刻。"燕然"句指敌人未灭,不能回家。　⑥羌管:即羌笛,出自羌族,故名。

苏　幕　遮

怀　旧

碧云天,黄叶地,秋色连波,波上寒烟翠。山映斜阳天接水,芳草无情,更在斜阳外。　黯乡魂①,追旅思②,夜夜除非③,好梦留人睡。明月楼高休独倚。酒入愁肠,化作相思泪。

①黯乡魂:指思念家乡,令人心魂凄黯欲绝。　②旅思:指羁旅中的种种愁苦。　③夜夜除非:"除非夜夜"的倒装。

御 街 行

秋日怀旧

纷纷坠叶飘香砌①,夜寂静,寒声碎。真珠帘卷玉楼空,天淡银河垂地。年年今夜,月华如练②,长是人千里。　　愁肠已断无由醉,酒未到,先成泪。残灯明灭枕头欹③,谙尽孤眠滋味④。都来此事,眉间心上,无计相回避。

①香砌:即香阶,台阶的美称。　②练:白色绸布。　③欹(qī):倾斜,歪侧。　④谙(ān):熟悉。

张　先

张先（990—1078），字子野，乌程（今浙江吴兴）人。天圣八年（1030）进士，尝知吴江县，官至刑部都官郎中。有《子野词》一卷。

千　秋　岁

数声鶗鴂①，又报芳菲歇。惜春更把残红折。雨轻风色暴，梅子青时节。永丰柳②，无人尽日花飞雪。

莫把幺弦拨③，怨极弦能说。天不老，情难绝。心似双丝网，中有千千结。夜过也，东窗未白孤灯灭。

①鶗鴂（tí jué）：鸟名，即杜鹃，一作"鹈鴂"。　②永丰柳：永丰坊的杨柳，指无人理睬的柳树。白居易有咏杨柳诗："永丰西角荒园里，尽日无人属阿谁。"　③幺弦：琵琶第四弦。

菩萨蛮

哀筝一弄湘江曲,声声写尽湘波绿。纤指十三弦①,细将幽恨传。　　当筵秋水慢②,玉柱斜飞雁③。弹到断肠时,春山眉黛低。

①十三弦:筝有十三根弦,其中十二弦象征一年十二个月,另一弦象征闰月。　②秋水:指眼波像秋水。　③玉柱斜飞雁:指筝柱斜列如排成一行的飞雁。

醉垂鞭

双蝶绣罗裙,东池宴,初相见。朱粉不深匀,闲花淡淡春。　　细看诸处好,人人道,柳腰身。昨日乱山昏①,来时衣上云。

①乱山昏:昏暗的群山。

一丛花令

伤高怀远几时穷,无物似情浓。离愁正引千丝乱①,更东陌、飞絮濛濛。嘶骑渐遥②,征尘不断,何处认郎踪? 双鸳池沼水溶溶,南北小桡通③。梯横画阁黄昏后,又还是、斜月帘栊④。沉恨细思,不如桃杏,犹解嫁东风。

①千丝乱:柳丝撩乱。 ②嘶骑(jì):嘶鸣的马。 ③小桡(ráo):小船。桡:船桨。 ④帘栊:帘幕与窗栊。

天 仙 子

时为嘉禾小倅①,以病眠,不赴府会。

水调数声持酒听②,午醉醒来愁未醒。送春春去几时回? 临晚镜,伤流景③,往事后期空记省④。沙上并禽池上暝⑤,云破月来花弄影。重重帘幕密遮灯,风不定,人初静,明日落红应满径⑥。

①嘉禾：宋代郡名，今浙江嘉兴。小倅（cuì）：副职。张先在宋仁宗庆历元年（1041）曾为嘉禾判官。　②水调：曲调名，传为隋炀帝所作。③流景：流年。　④记省：记忆。　⑤并禽：成双的水鸟，如鸳鸯。暝：日暮。　⑥落红：指飘落的花瓣。

青　门　引

春　思

乍暖还轻冷，风雨晚来方定。庭轩寂寞近清明①，残花中酒②，又是去年病。　楼头画角风吹醒③，入夜重门静。那堪更被明月，隔墙送过秋千影。

①庭轩：庭院及亭廊。　②中（zhòng）酒：醉酒。　③画角：军乐器，用竹木或皮革制成，也有用铜制的。因外加彩绘，故名。

晏 殊

晏殊（991—1055），字同叔，临川（今江西临川）人。十四岁举神童，赐同进士出身。官至大学士同平章事，封临淄公。有《珠玉词》一卷，风流蕴藉，对宋初词风颇有影响。

浣 溪 沙

一曲新词酒一杯，去年天气旧亭台①。夕阳西下几时回？　无可奈何花落去，似曾相识燕归来。小园香径独徘徊②。

①"去年"句：意为天气、亭台都和去年一样，感今怀旧。　②香径：铺满落花的小路。徘徊：来回走动。

浣 溪 沙

一向年光有限身①，等闲离别易销魂②。酒筵歌席莫辞频③。　满目山河空念远，落花风雨更伤春。

不如怜取眼前人④。

①一向：即一晌，片时。　②等闲：平常。销魂：形容人在感触深极时神魂消散。此处指哀伤。　③频：频繁。　④怜取：爱惜。唐元稹《会真记》载崔莺莺诗："还将旧来意，怜取眼前人。"

清　平　乐

红笺小字①，说尽平生意。鸿雁在云鱼在水②，惆怅此情难寄。　　斜阳独倚西楼，遥山恰对帘钩。人面不知何处③，绿波依旧东流。

①红笺：指用朱丝栏写的信，一般指情书。朱丝栏是有红线格的绢纸。　②"鸿雁"句：古代传说鸿雁和鱼都能传递书信。《汉书·苏武传》载：苏武被匈奴扣留，发往北海（今贝加尔湖）牧羊。后来匈奴与汉和亲，汉使求还苏武，匈奴诡称已死。汉使得知苏武下落后，对匈奴单于说："天子射上林中，得雁，足有系帛书，言苏武等在某泽中。"单于无奈，只得承认苏武还活着，并送归汉朝。另，乐府《饮马长城窟行》："客从远方来，遗我双鲤鱼。呼儿烹鲤鱼，中有尺素书。"此处用此二典，反指鸿雁和鱼都不

能为自己传递消息。　③"人面"句：孟棨《本事诗·情感》载：唐诗人崔护于清明日游长安城南，见一庄居，内有桃花盛开，一女子倚桃树而立，相互情有所钟。来年清明，崔又往寻之，只见桃花依旧，却无人倚树而立，于是题诗庄门："去年今日此门中，人面桃花相映红。人面不知何处去，桃花依旧笑春风。"此指未能与相爱的女子相见。

清　平　乐

　　金风细细①，叶叶梧桐坠。绿酒初尝人易醉，一枕小窗浓睡。　　紫薇朱槿花残②，斜阳却照阑干。双燕欲归时节，银屏昨夜微寒③。

①金风：秋风。古人以阴阳五行解释季节变化，秋属金，故称秋风为金风。　②紫薇：植物名，开紫红色的花。朱槿：即木槿，开红、紫、白等色花。　③银屏：用云母等物装饰的屏风，因洁白如银，故称银屏或云屏。

木　兰　花

　　燕鸿过后莺归去，细算浮生千万绪①。长于春梦几多时，散似秋云无觅处。　　闻琴解佩神仙侣②，挽断罗衣留不住。劝君莫作独醒人,烂醉花间应有数③。

①浮生:旧时认为世事无定,生命短促,因称人生为浮生。 ②闻琴:指卓文君新寡,司马相如以琴挑动其心,文君夜奔相如,双双出走。事见《汉书·司马相如传》。解佩:刘向《列仙传》载:"江妃二女者,不知何所人也,出游于江汉之湄,逢郑交甫。见而悦之,不知其神人也,谓其仆曰:'我欲下请其佩'……遂手解佩与交甫……" ③数:定数,宿缘。

木 兰 花

池塘水绿风微暖,记得玉真初见面①。重头歌韵响琤琮②,入破舞腰红乱旋③。 玉钩阑下香阶畔,醉后不知斜日晚。当时共我赏花人,点检如今无一半④。

①玉真:玉人,美女。 ②重头:词中前后阕节拍完全相同叫重头。琤琮:玉器相击发出的响声。此处形容歌声动听。 ③入破:乐曲由缓转急,节拍急促繁碎时称入破,是唐宋大曲中一个音乐阶段的名称。 ④点检:检查,验看。

木兰花①

春 恨

绿杨芳草长亭路,年少抛人容易去②。楼头残梦五更钟,花底离愁三月雨。　　无情不似多情苦,一寸还成千万缕③。天涯地角有穷时,只有相思无尽处。

①本词《全宋词》题作《玉楼春》,二词牌同调异名。　②年少:指年轻的情人。　③一寸:指愁肠。还:已经。

踏莎行

祖席离歌①,长亭别宴,香尘已隔犹回面②。居人匹马映林嘶,行人去棹依波转。　　画阁魂消,高楼目断,斜阳只送平波远。无穷无尽是离愁,天涯地角寻思遍。

①祖席:饯行的酒席。　②香尘:地上落花甚多,以至于尘土都带有香气。犹回面:不忍离别。

踏　莎　行

小径红稀①,芳郊绿遍,高台树色阴阴见②。春风不解禁杨花,濛濛乱扑行人面③。　　翠叶藏莺,珠帘隔燕,炉香静逐游丝转④。一场愁梦酒醒时,斜阳却照深深院。

①红稀:花儿稀少。　②阴阴见:暗暗显露。　③濛濛:形容杨花纷飞。　④炉香:在炉子里焚香。游丝:形容香烟缭绕。

踏　莎　行

碧海无波,瑶台有路①,思量便合双飞去②。当时轻别意中人,山长水远知何处?　　绮席凝尘③,香闺掩雾,红笺小字凭谁附④?高楼目尽欲黄昏,梧桐叶上潇潇雨。

①瑶台:古代传说中的神仙居处,在昆仑山上。　②合:应当。③绮席:华美的宴席。　④红笺小字:指情书。附:传递,捎带。

蝶 恋 花

六曲阑干偎碧树①,杨柳风轻,展尽黄金缕②。谁把钿筝移玉柱③,穿帘海燕双飞去。　　满眼游丝兼落絮④,红杏开时,一霎清明雨⑤。浓睡觉来莺乱语⑥,惊残好梦无寻处。

①偎:倚靠。　②黄金缕:指柳条。　③钿筝:用罗钿装饰的筝。　④游丝:指柳枝。落絮:飘飞的柳絮。　⑤一霎:极短的时间。　⑥觉:醒。

韩 缜

韩缜（1019—1097），字玉汝，雍丘（今河南杞县）人。庆历二年（1042）进士，曾为淮南转运使、知枢密院事、尚书右仆射等。出知颍昌府，以太子太保致仕。《全宋词》存其词一首。

凤 箫 吟

锁离愁，连绵无际，来时陌上初熏①。绣帏人念远，暗垂珠泪，泣送征轮②。长亭长在眼，更重重、远水孤云。但望极楼高，尽日目断王孙③。　　消魂。池塘别后，曾行处、绿妒轻裙。恁时携素手④，乱花飞絮里，缓步香茵。朱颜空自改，向年年、芳意长新。遍绿野，嬉游醉眠，莫负青春。

①初熏：指春草刚刚吐发芳香。　②征轮：载人远去的马车。　③王孙：《楚辞·招隐士》有"王孙游兮不归，春草生兮萋萋"句，后来"王孙"常用做出门远游者的代称。　④恁时：此时。恁：这样，如此。

宋 祁

宋祁(998—1061),字子京,安陆(今湖北安陆)人,徙开封雍丘(今河南杞县)。天圣二年(1024)与其兄宋庠同举进士,累迁龙图阁学士、史馆修撰。修《新唐书》成,擢工部尚书,拜翰林学士承旨。卒谥景文。存词六首,所作《木兰花》,朝野传为美谈,有"红杏尚书"之称。

木 兰 花

春 景

东城渐觉风光好,縠皱波纹迎客棹①。绿杨烟外晓寒轻,红杏枝头春意闹。　　浮生长恨欢娱少,肯爱千金轻一笑②。为君持酒劝斜阳③,且向花间留晚照。

①縠(hú)皱:有皱纹的丝绸。此处形容波纹细如皱纱。棹:船桨。　②肯爱:肯,怎肯,反诘语气。爱:吝惜。　③劝:敬酒。

欧阳修

欧阳修(1007—1072),字永叔,自号醉翁,晚年号六一居士,庐陵(今江西吉安)人。幼时家境贫寒,苦读成材,天圣八年(1030)进士,官至参知政事。是北宋著名的政治家,也是当时文坛的领袖人物,于诗文词赋均有建树。词与晏殊齐名。有《六一词》及《醉翁琴趣外编》两种词刊本传世。

采 桑 子

群芳过后西湖好①,狼藉残红②。飞絮濛濛,垂柳阑干尽日风。　笙歌散尽游人去,始觉春空。垂下帘栊,双燕归来细雨中。

①群芳:百花。西湖:在安徽阜阳县西北,是颍河等水流汇合处。
②狼藉:杂乱不堪。残红:凋落的春花。

诉 衷 情

眉 意

清晨帘幕卷轻霜,呵手试梅妆①。都缘自有离恨,故画作远山长②。 思往事,惜流芳③,易成伤。拟歌先敛④,欲笑还颦⑤,最断人肠。

①梅妆:梅花妆,女子的一种妆饰样式,相传为南朝宋武帝之女寿阳公主所创。 ②远山长:指把眉毛画得又细又长。 ③流芳:流逝的美好年华。 ④敛:敛容,不高兴的样子。 ⑤颦:皱眉。

踏 莎 行

候馆梅残①,溪桥柳细,草薰风暖摇征辔②。离愁渐远渐无穷,迢迢不断如春水。 寸寸柔肠,盈盈粉泪,楼高莫近危阑倚。平芜尽处是春山③,行人更在春山外。

①候馆:驿馆,旅舍。 ②草薰:草香。征辔(pèi):征人手中的马缰绳。

③平芜：指平坦宽阔的草地。

蝶　恋　花

庭院深深深几许？杨柳堆烟①，帘幕无重数。玉勒雕鞍游冶处②，楼高不见章台路③。　　雨横风狂三月暮，门掩黄昏，无计留春住。泪眼问花花不语，乱红飞过秋千去④。

①杨柳堆烟：指烟雾笼罩杨柳。　②玉勒：镶玉的马笼头。雕鞍：雕花的马鞍。游冶处：寻欢觅乐的地方。　③章台：秦宫名，其下为章台街，汉代犹存，是妓女聚居处。　④乱红：落花。

蝶　恋　花

谁道闲情抛弃久，每到春来，惆怅还依旧。日日花前常病酒①，不辞镜里朱颜瘦。　　河畔青芜堤上柳②，为问新愁，何事年年有？独立小桥风满袖，平林新月人归后。

①病酒：饮酒沉醉如病。　②青芜：青草。

蝶 恋 花

几日行云何处去？忘了归来，不道春将暮①。百草千花寒食路②，香车系在谁家树③？　泪眼倚楼频独语，双燕来时，陌上相逢否？撩乱春愁如柳絮，依依梦里无寻处。

①不道：不知不觉。　②寒食：古代节令名，在清明前两天。相传春秋时晋国介之推辅佐晋文公重耳回国后，隐于绵山中。重耳烧山逼他出来，之推抱树而死。晋文公为悼念他，禁止在介之推死日生火煮饭，只吃冷食。以后相沿成俗，叫作寒食禁火。　③香车：对所爱之人所乘马车的美称。

木 兰 花

别后不知君远近，触目凄凉多少闷！渐行渐远渐无书，水阔鱼沉何处问①？　夜深风竹敲秋韵②，万叶千声皆是恨③。故敧单枕梦中寻④，梦又不成灯又烬⑤。

①鱼沉：指鱼不能为自己传递书信。　②秋韵：秋声。　③恨：指离愁别恨。　④敧（qī）：斜侧。　⑤烬：指灯芯结了灯花，使灯火不亮。

临 江 仙

柳外轻雷池上雨，雨声滴碎荷声。小楼西角断虹明①。阑干倚处，待得月华生。　燕子飞来窥画栋，玉钩垂下帘旌。凉波不动簟纹平②。水精双枕③，旁有堕钗横。

①断虹：雷雨后残断的彩虹。　②簟（diàn）：竹席。"凉波"句：意谓池水平静，细波恰如竹席上的花纹。　③水精：即水晶。形容枕头精美华丽。

浣 溪 沙

堤上游人逐画船，拍堤春水四垂天①。绿杨楼外出秋千。　白发戴花君莫笑②，六幺催拍盏频传③。人生何处似尊前④。

①四垂天：天幕四垂，与湖水相接。　②白发：指老年人。　③六幺：唐时琵琶曲名，又作"绿要""绿腰"等。盏：酒杯。　④尊：同"樽"，酒杯。尊前：指在酒中沉醉。

浪淘沙

把酒祝东风，且共从容①。垂杨紫陌洛城东②，总是当时携手处，游遍芳丛③。　聚散苦匆匆，此恨无穷。今年花胜去年红，可惜明年花更好，知与谁同？

①从容：留连。　②紫陌：帝都郊野的道路。洛城：即洛阳。　③芳丛：花丛。

青玉案

一年春事都来几①？早过了、三之二。绿暗红嫣浑可事②。绿杨庭院，暖风帘幕，有个人憔悴。　买花载酒长安市。又争似家山见桃李③？不枉东风吹客泪④,相思难表⑤,梦魂无据,惟有归来是。

①来几:来了多少,过了几许。 ②浑:全,都。可事:可乐之事。
③争似:怎似。家山:故乡。 ④不枉:不怪,不怨。 ⑤表:表达,诉说。

柳 永

柳永(987？—约1053),字耆卿,原名三变,崇安(今福建崇安)人。景祐元年(1034)进士,官至屯田员外郎。一生落魄,常与伶人乐工交往,以善于填词著称,在当时影响巨大,"凡有井水饮处,即能歌柳词"。有《乐章集》一卷。

曲 玉 管

陇首云飞①,江边日晚,烟波满目凭阑久②。一望关河萧索③,千里清秋,忍凝眸。 杳杳神京④,盈盈仙子⑤,别来锦字终难偶⑥。断雁无凭,冉冉飞下汀洲,思悠悠。 暗想当初,有多少、幽欢佳会,岂知聚散难期⑦,翻成雨恨云愁。阻追游,每登山临水,惹起平生心事,一场消黯⑧,永日无言⑨,却下层楼。

①陇首:高丘之上,山头。 ②凭阑:倚靠着栏杆。 ③关河:泛指山海。萧索:冷落的样子。 ④杳杳:遥远的样子。神京:帝都。 ⑤盈盈:轻盈优美的样子。仙子:美女。 ⑥锦字:前秦时,窦滔因罪流放,妻苏

蕙作回文诗,织在锦上寄给他,文词十分凄婉。事见《晋书》。以后"锦字""锦书"多代指情人间的书信。难偶:难以相会。 ⑦难期:难以预料,难以约定。 ⑧消黯:黯然销魂。 ⑨永日:长日,终日。

雨 霖 铃

寒蝉凄切①,对长亭晚②,骤雨初歇。都门帐饮无绪③,留恋处,兰舟催发④。执手相看泪眼,竟无语凝噎⑤。念去去、千里烟波,暮霭沉沉楚天阔⑥。

多情自古伤离别,更那堪、冷落清秋节!今宵酒醒何处?杨柳岸、晓风残月。此去经年,应是良辰好景虚设。便纵有千种风情⑦,更与何人说!

①凄切:凄恻而急促的声音。 ②长亭:古代大路边供行人休息的建筑,相传十里一长亭,五里一短亭。 ③都门帐饮:在京城门外设帐饯行。 ④兰舟:木兰舟,比喻船很华美。 ⑤凝噎:因悲伤而声凝语噎。 ⑥暮霭沉沉:傍晚时云气浓厚。楚天:此处指江淮一带。 ⑦风情:风流情意。

蝶　恋　花

伫倚危楼风细细①,望极春愁,黯黯生天际②。草色烟光残照里,无言谁会凭阑意③。　　拟把疏狂图一醉④,对酒当歌,强乐还无味⑤。衣带渐宽终不悔⑥,为伊消得人憔悴⑦。

①伫倚:久久地靠着。危楼:高楼。　②黯黯:愁闷的样子。　③谁会:谁能体会。　④拟把:打算。疏狂:散漫狂放,不拘小节。图:谋求。　⑤强乐:勉强作乐。　⑥衣带渐宽:因身体逐渐消瘦,衣带显得宽松。　⑦伊:指意中人。消得:值得。

采　莲　令

月华收,云淡霜天曙。西征客,此时情苦。翠娥执手送临歧①,轧轧开朱户②。千娇面,盈盈伫立③,无言有泪,断肠争忍回顾④?　　一叶兰舟,便恁急桨凌波去。贪行色,岂知离绪。万般方寸⑤,但饮恨,脉脉同谁语?更回首,重城不见,寒江天外,隐隐两三烟树。

①临歧：分别的岔路口。　②轧轧：开门的声音。　③伫立：久久地站立。　④争忍：怎忍。　⑤方寸：指心。

浪淘沙慢

梦觉透窗风一线①，寒灯吹息。那堪酒醒，又闻空阶，夜雨频滴。嗟因循②、久作天涯客。负佳人、几许盟言，便忍把、从前欢会，陡顿翻成忧戚③。

愁极。再三追思，洞房深处④，几度饮散歌阑⑤，香暖鸳鸯被。岂暂时疏散，费伊心力。殢云尤雨⑥，有万般千种，相怜相惜。　恰到如今，天长漏永⑦，无端自家疏隔。知何时、却拥秦云态⑧？愿低帏昵枕⑨，轻轻细说与，江乡夜夜，数寒更思忆。

①梦觉：梦醒。　②因循：不振作。　③陡顿：突然。翻成：变成。　④洞房：内室。　⑤歌阑：歌舞将尽。　⑥殢（tì）云尤雨：恋昵不舍。形容男女相爱、欢合。　⑦漏：漏壶，古代计时工具。漏永：指漏壶无穷无尽地摇摆。形容时间漫长难熬。　⑧秦云：秦楼云雨。指与相爱之人欢会。　⑨昵：相互亲近。

定 风 波

　　自春来,惨绿愁红,芳心是事可可①。日上花梢,莺穿柳带,犹压香衾卧。暖酥消②,腻云亸③,终日厌厌倦梳裹。无那④。恨薄情一去,音书无个。早知恁么⑤,悔当初、不把雕鞍锁⑥。向鸡窗⑦,只与蛮笺象管⑧,拘束教吟课。镇相随⑨,莫抛躲,针线闲拈伴伊坐⑩。和我,免使年少光阴虚过。

①芳心:春心。是事可可:什么事都平淡乏味。　②暖酥消:肌肤消瘦。　③腻云亸(duǒ):乌黑的头发散乱不堪。亸:下垂的样子。　④无那:无可奈何。　⑤恁么:如此。　⑥雕鞍:雕着花纹的华丽马鞍。此句是说没有坚决地阻止爱人远行。　⑦鸡窗:书窗,书房。《幽明录》载:晋朝人宋处宗买了一只长鸣鸡,非常喜爱,装进笼里放在书房窗前。鸡竟然说出了人话,而且很有见识。宋处宗从此也成了善于说话的人。以后,鸡窗就常被用作书窗、书房的代称。　⑧蛮笺象管:古代蜀地产的彩色笺纸和象牙做的毛笔管。这里泛指精美的纸和笔。　⑨镇相随:整天相随相伴。　⑩针线闲拈:一作"彩线慵拈"。

少 年 游

长安古道马迟迟①，高柳乱蝉嘶。夕阳鸟外②，秋风原上，目断四天垂③。　　归云一去无踪迹，何处是前期？狎兴生疏④，酒徒萧索⑤，不似去年时。

①长安：代指京城。迟迟：缓慢犹豫的样子。　②鸟外：一作"岛外"，指飞鸟隐没在长空之外。　③目断：目力所及的极限。四天垂：四周天壤相接。　④狎兴：冶游狎玩的意兴。　⑤酒徒：指当年与自己在一起留连歌酒的狂朋怪侣。萧索：指老大零落。

戚 氏

晚秋天，一霎微雨洒庭轩。槛菊萧疏①，井梧零乱惹残烟②。凄然，望江关，飞云黯淡夕阳间。当时宋玉悲感③，向此临水与登山。远道迢递④，行人凄楚，倦听陇水潺湲。正蝉吟败叶，蛩响衰草，相应喧喧。

孤馆度日如年。风露渐变，悄悄至更阑⑤。长天净，绛河清浅⑥，皓月婵娟⑦。思绵绵，夜永对景，那堪屈指，暗想从前。未名未禄，绮陌红楼⑧，往往经岁迁延⑨。

帝里风光好⑩,当年少日,暮宴朝欢。况有狂朋怪侣⑪,遇当歌、对酒竞留连。别来迅景如梭,旧游似梦,烟水程何限。念利名、憔悴长萦绊⑫,追往事、空惨愁颜。漏箭移、稍觉轻寒。渐鸣咽、画角数声残。对闲窗畔,停灯向晓,抱影无眠。

①槛菊:花园里的菊花。槛:栏杆。 ②井梧:院中的梧桐树。 ③宋玉:屈原弟子,曾作《九辩》,其中有"悲哉秋之为气也"语句。宋玉悲感:即对秋天肃杀之气的悲伤情感。 ④迢递:遥远貌。 ⑤更阑:五更将近,即天将亮时。 ⑥绛河:银河。 ⑦婵娟:形容月光美好。 ⑧绮陌红楼:泛指歌妓舞女聚集的地方。 ⑨迁延:留连。 ⑩帝里:京都。 ⑪狂朋怪侣:指与作者志趣相投而与正统思想格格不入的朋友。 ⑫萦绊:牵扯,羁绊。

夜 半 乐

冻云黯淡天气,扁舟一叶,乘兴离江渚①。度万壑千岩,越溪深处②,怒涛渐息,樵风乍起③,更闻商旅相呼。片帆高举,泛画鹢④、翩翩过南浦⑤。望中酒旆闪闪⑥,一簇烟村,数行霜树。残日下、渔人鸣榔归去⑦。败荷零落,衰杨掩映。岸边两两三三,浣纱游女。避行客,含羞笑相语。　　到此因念,绣阁轻抛⑧,浪萍难驻。叹后约、丁宁竟何据⑨!惨离怀、空恨岁晚归期阻。凝泪眼、杳杳神京路⑩。断鸿声远长天暮。

①渚:水中的小块陆地。江渚:指江岸。　②越溪:春秋时越国美女西施浣纱之处,名若耶溪,在今浙江绍兴市南。此处泛指吴越一带的溪流。　③樵风:《舆地纪胜》载:汉朝的郑弘在打柴时拾到一支箭。不一会儿有人来找箭,问郑弘想要什么。郑弘知道此是神人,便说:"我常为在若耶溪上运柴困难而苦恼,只愿早上有南风,傍晚有北风。"后来果然像他所希望的那样。人们称若耶溪上的风为郑公风,又称樵风。后人以樵风指顺风。　④画鹢(yì):画有鹢鸟的船。鹢:水鸟,善飞翔,不怕风,古时画在船头以示吉利。　⑤南浦:南面的水边,古人常用来代指送别的地方。　⑥酒旆(pèi):酒肆门外悬挂的布旗。　⑦鸣榔:捕鱼时用长木条(榔)敲击船舷,使鱼受惊入网。　⑧绣阁:闺房。轻抛:轻易舍弃。　⑨后约:约定的后会之期。丁宁:即"叮咛"。　⑩神京:京城,指宋都汴京(今河南开封)。

玉蝴蝶

望处雨收云断,凭阑悄悄,目送秋光。晚景萧疏,堪动宋玉悲凉①。水风轻、蘋花渐老,月露冷、梧叶飘黄。遣情伤,故人何在?烟水茫茫。　　难忘。文期酒会,几孤风月,屡变星霜②。海阔山遥,未知何处是潇湘③。念双燕、难凭音信,指暮天、空识归航。黯相望,断鸿声里,立尽斜阳。

①宋玉悲凉:指悲秋的情感。参见《戚氏》注③。　②星霜:星一年周天运行一次,霜每年而降,因称一年为一星霜。　③潇湘:原是潇水和湘水的合称,后泛指所思恋的地方。

八声甘州

对潇潇暮雨洒江天①,一番洗清秋。渐霜风凄紧,关河冷落,残照当楼。是处红衰翠减②,苒苒物华休③。惟有长江水,无语东流。　　不忍登高临远,望故乡渺邈④,归思难收。叹年来踪迹,何事苦淹留⑤?想佳人、妆楼颙望⑥,误几回、天际识归舟。争知我,倚阑干处,正恁凝愁⑦。

①潇潇:雨势急骤的样子。 ②是处:到处。红衰翠减:指花木凋零。 ③苒苒:渐渐。物华休:美好的景物败落。 ④渺邈:遥远。 ⑤淹留:久留他乡。 ⑥颙(yóng)望:抬头呆望。 ⑦恁:如此,这般。凝愁:愁肠难解。

迷 神 引

一叶扁舟轻帆卷,暂泊楚江南岸①。孤城暮角,引胡笳怨②。水茫茫,平沙雁,旋惊散。烟敛寒林簇,画屏展。天际遥山小,黛眉浅③。　　旧赏轻抛④,到此成游宦。觉客程劳,年光晚。异乡风物,忍萧索,当愁眼。帝城赊⑤,秦楼阻⑥,旅魂乱。芳草连空阔,残照满。佳人无消息,断云远。

①楚江:泛指楚地(今湖北、湖南一带)的江河。 ②胡笳:由西域传入的管乐器。 ③黛眉浅:形容远山颜色浅淡。 ④旧赏:从前种种赏心乐事。 ⑤帝城:指宋都汴京。赊:遥远。 ⑥秦楼:指歌楼妓馆。

竹　马　子

　　登孤垒荒凉,危亭旷望①,静临烟渚。对雌霓挂雨②,雄风拂槛③,微收烦暑。渐觉一叶惊秋,残蝉噪晚,素商时序④。览景想前欢,指神京、非雾非烟深处。

　　向此成追感,新愁易积,故人难聚。凭高尽日凝伫⑤,赢得消魂无语。极目霁霭霏微⑥,暝鸦零乱⑦,萧索江城暮。南楼画角,又送残阳去。

①危亭:高亭。旷望:远望。　②雌霓:彩虹双出,色彩鲜艳的为雄,色彩暗淡的为雌;雄的叫作虹,雌的叫作霓。　③雄风:清劲雄峻的风。　④素商:即秋天。秋色尚白(素),在五音中属"商",故称秋令为素商。　⑤凝伫:凝神远望,伫立良久。　⑥霁霭:晴烟。霏微:朦胧。　⑦暝鸦:即暮鸦。

王安石

王安石（1021—1086），字介甫，晚号半山老人，临川（今江西临川）人。庆历二年（1042）进士，官至同中书门下平章事（宰相）。倡为新法，力革时弊。封荆国公。词有《临川先生歌曲》一卷，《补遗》一卷。

桂 枝 香

金陵怀古

登临送目，正故国晚秋①，天气初肃②。千里澄江似练③，翠峰如簇④。归帆去棹残阳里，背西风、酒旗斜矗。彩舟云淡，星河鹭起⑤，画图难足。念往昔、繁华竞逐。叹门外楼头，悲恨相续。千古凭高对此，漫嗟荣辱⑥。六朝旧事随流水⑦，但寒烟衰草凝绿。至今商女⑧，时时犹唱，《后庭》遗曲⑨。

①故国：指金陵（今江苏南京市），南朝旧都。 ②初肃：刚刚转为清肃、

萧索。 ③练：白色绸带。 ④如簇：像箭头一样尖削。 ⑤星河：即银河。此处指长江。鹭：白鹭。此处指长江中的白鹭洲。 ⑥漫嗟荣辱：空叹兴亡。嗟：叹惜。 ⑦六朝：三国时的吴及以后的东晋、宋、齐、梁、陈皆定都金陵，史称六朝。 ⑧商女：卖唱的歌女。 ⑨《后庭》：即《玉树后庭花》曲，陈后主所作，被后人看作亡国之音。杜牧《夜泊秦淮》诗："商女不知亡国恨，隔江犹唱后庭花。"

千秋岁引

秋 景

别馆寒砧①，孤城画角，一派秋声入寥廓②。东归燕从海上去，南来雁向沙头落。楚台风③，庾楼月④，宛如昨。　无奈被些名利缚，无奈被他情担阁⑤。可惜风流总闲却。当初谩留华表语⑥，而今误我秦楼约⑦。梦阑时，酒醒后，思量着。

①别馆：驿馆，旅舍。砧：捣衣石。 ②寥廓：指天空。 ③楚台风：《宋玉传》载：楚王游于兰台，有风飒至，王乃披襟以当之曰："快哉此风！"楚台风即快劲的风。 ④庾楼月：《世说新语》载：晋朝庾亮在武昌，与诸

佐吏殷浩等登南楼赏月,据胡床咏谑。庾楼月即明月。　⑤他情:指世情俗态。担阁:即耽搁。　⑥华表语:《续搜神记》载:辽东城门有华表柱,有白鹤集其上,曰:"有鸟有鸟丁令威,去家千年今来归。城廓如故人民非,何不学仙冢累累!"此处"华表语"指去家多日而今归来。　⑦秦楼约:与情人的期约。此处借以抒发对政治的失望与厌倦情绪。

王安国

王安国(1028—1074),字平甫,王安石之弟。熙宁元年(1068)赐进士出身,除西京国子教授、崇文院校书,改秘阁校理。王安石罢相后亦受到排挤,夺官归里,不久卒。

清　平　乐

留春不住,费尽莺儿语。满地残红宫锦污①,昨夜南园风雨。　　小怜初上琵琶②,晓来思绕天涯。不肯画堂朱户③,春风自在梨花④。

①宫锦:宫中锦绣。此处比喻落花。污:弄脏。　②小怜:原是南北朝时北齐后主高纬宠妃冯淑妃之名,以善弹琵琶著称。这里泛指歌女。　③画堂朱户:代指权贵人家。　④梨花:一作"杨花"。

晏几道

晏几道（1038—1110），字叔原，号小山，晏殊幼子。出身名门，才名卓著，但仕途艰窘，只做过几任小官。有《小山词》一卷。是婉约词派代表人物之一，影响深远。

临 江 仙

梦后楼台高锁，酒醒帘幕低垂。去年春恨却来时①，落花人独立，微雨燕双飞。　　记得小蘋初见②，两重心字罗衣③。琵琶弦上说相思，当时明月在，曾照彩云归④。

①春恨：春天恼人的情思。却来：又来。　②小蘋：歌女名，她是作者的意中人。　③心字罗衣：衣领屈曲，有如"心"字。　④彩云：美人的代称，指小蘋。

蝶 恋 花

梦入江南烟水路,行尽江南,不与离人遇①。睡里消魂无说处,觉来惆怅消魂误②。　　欲尽此情书尺素③,浮雁沉鱼,终了无凭据④。却倚缓弦歌别绪,断肠移破秦筝柱⑤。

①离人:此处指分离的意中人。　②惆怅:因失望或失意而哀伤。③尺素:书信。素:指丝绢。古人写信多写在绢上,故称书信为尺素。④终了:终于。　⑤移破:犹言移遍。秦筝:即筝。

蝶 恋 花

醉别西楼醒不记,春梦秋云①,聚散真容易。斜月半窗还少睡,画屏闲展吴山翠②。　　衣上酒痕诗里字,点点行行,总是凄凉意。红烛自怜无好计,夜寒空替人垂泪。

①春梦秋云:指短暂而不可把握。白居易诗曰:"来如春梦不多时,去似秋云无觅处。"　②吴山:指画屏上的江南山水。

鹧鸪天

彩袖殷勤捧玉钟①,当年拚却醉颜红②。舞低杨柳楼心月③,歌尽桃花扇底风④。　　从别后,忆相逢,几回魂梦与君同。今宵剩把银釭照⑤,犹恐相逢是梦中。

①彩袖:彩色的衣服,歌女所穿。此处代指歌女。玉钟:玉杯。②拚(pàn)却:甘愿。③"舞低"句:舞到月亮从天井西沉。楼心:指天井。④"歌尽"句:一直唱到桃花扇下的柔风逐渐消失,形容精疲力尽。⑤银釭(gāng):银灯。

鹧鸪天

醉拍春衫惜旧香①,天将离恨恼疏狂②。年年陌上生秋草,日日楼中到夕阳。　　云渺渺③,水茫茫,征人归路许多长。相思本是无凭语,莫向花笺费泪行④。

①"醉拍"句:拍打春衫,怜惜衣上的旧香,睹物思人。②恼:使

人恼怒。疏狂：狂放，不受拘束。　③渺渺：悠远貌。　④花笺：彩色的信纸。

生　查　子

金鞭美少年①，去跃青骢马②。牵系玉楼人③，绣被春寒夜。　消息未归来，寒食梨花谢。无处说相思，背面秋千下。

①金鞭：一作"金鞍"。　②青骢马：毛色青白相杂的马。此处泛指骏马。　③牵系：牵挂。玉楼人：指意中人。

生　查　子

关山魂梦长①，鱼雁音书少。两鬓可怜青，只为相思老。　归傍碧纱窗，说与人人道②："真个别离难③，不似相逢好。"

①关山：泛指关隘山川。　②人人：人儿之意。指所爱之人。　③真个：真正，确实。

木 兰 花

东风又作无情计，艳粉娇红吹满地①。碧楼帘影不遮愁，还似去年今日意。　　谁知错管春残事，到处登临曾费泪。此时金盏直须深②，看尽落花能几醉？

①艳粉娇红：指春花。　②金盏：酒杯。直须：就要，只管。

木 兰 花

秋千院落重帘暮，彩笔闲来题绣户①。墙头丹杏雨余花，门外绿杨风后絮。　　朝云信断知何处？应作襄王春梦去②。紫骝认得旧游踪③，嘶过画桥东畔路。

①彩笔：代指有文才的诗笔。绣户：雕绘华美的门户，多指女子居处。　②襄王春梦：楚襄王游高唐，夜梦神女，临去，有"旦为行云，暮为行雨"之语。见宋玉《高唐赋序》。　③紫骝：骏马名。

清 平 乐

留人不住,醉解兰舟去①。一棹碧涛春水路②,过尽晓莺啼处。　渡头杨柳青青,枝枝叶叶离情。此后锦书休寄③,画楼云雨无凭④。

①兰舟:木兰树做成的船。此处形容船的华美。　②棹:船桨。一棹:指一船,一路。　③锦书:用苏蕙织锦回文诗寄给丈夫窦滔事。见《晋书》。此处指情书。　④云雨:用宋玉《高唐赋序》典故。云雨无凭:指行踪不定。

阮 郎 归

旧香残粉似当初①,人情恨不如。一春犹有数行书,秋来书更疏。　衾凤冷②,枕鸳孤③,愁肠待酒舒。梦魂纵有也成虚,那堪和梦无④。

①旧香残粉:指情人的容颜。　②衾凤:即凤衾,绣有凤凰图案的被子。　③枕鸳:即鸳枕,绣有鸳鸯的枕头。　④那堪:怎能忍受。和梦无:连梦也不做。

阮　郎　归

天边金掌露成霜①，云随雁字长②。绿杯红袖趁重阳③，人情似故乡④。　　兰佩紫，菊簪黄⑤，殷勤理旧狂⑥。欲将沉醉换悲凉，清歌莫断肠。

①天边金掌：据《三辅黄图》载，汉武帝曾于长安建章宫造神明台，上有铜铸仙人捧铜杯玉盘，承接露水，与玉屑调和后饮用，以求成仙。②雁字：雁群飞行时排成"人"或"一"字形，故称雁字。　③绿杯：指美酒。红袖：指歌女。重阳：节令名，农历九月九。　④人情：风情，风俗。　⑤此二句言重阳节时人们的穿装打扮。　⑥旧狂：往日的疏狂情绪。

六　么　令

绿阴春尽，飞絮绕香阁。晚来翠眉宫样，巧把远山学①。一寸狂心未说②，已向横波觉③。画帘遮匝④，新翻曲妙⑤，暗许闲人带偷掐⑥。　　前度书多隐语，意浅愁难答。昨夜诗有回文⑦，韵险还慵押⑧。都待笙歌散了，记取留时霎⑨。不消红蜡，闲云归后，月在庭花旧阑角。

①远山:即远山眉,又细又长。《西京杂记》载:"司马相如妻文君,眉色如望远山,时人效画远山眉。" ②狂心:犹言春心。 ③横波:形容眼神流动如波。 ④遮匝(zā):周围。匝:环绕。 ⑤新翻曲:新谱成的曲子。 ⑥偷掐:偷着学习。 ⑦回文:诗中字句,回环读之,无不成文。⑧韵险:用生僻的字做韵脚。押:押韵。 ⑨霎:那一刻。指极短的时间。

御 街 行

街南绿树春饶絮①,雪满游春路②。树头花艳杂娇云③,树底人家朱户。北楼闲上,疏帘高卷,直见街南树。　阑干倚尽犹慵去,几度黄昏雨。晚春盘马踏青苔④,曾傍绿阴深驻。落花犹在,香屏空掩,人面知何处⑤?

①饶:指多。 ②雪:比喻柳絮洁白如雪。 ③娇云:即彩云。 ④盘马:驰马盘旋。 ⑤人面:用崔护游长安城南村庄典故,见晏殊《清平乐》"红笺小字"注③。

虞美人

曲阑干外天如水,昨夜还曾倚。初将明月比佳期,长向月圆时候望人归。 罗衣著破前香在,旧意谁教改?一春离恨懒调弦,犹有两行闲泪宝筝前。

留春令

画屏天畔,梦回依约①,十洲云水②。手捻红笺寄人书,写无限、伤春事。 别浦高楼曾漫倚③,对江南千里。楼下分流水声中,有当日、凭高泪④。

①依约:隐约,不分明的样子。 ②十洲:神仙的居住地,在八方巨海之中。 ③别浦:送别的地方。 ④凭高泪:登高望远感怀泪下。

思 远 人

红叶黄花秋意晚,千里念行客。飞云过尽,归鸿无信,何处寄书得? 泪弹不尽临窗滴,就砚旋研墨①。渐写到别来,此情深处,红笺为无色。

①旋研墨:即现研墨。此承上句,言以泪研墨。

苏 轼

苏轼（1037—1101），字子瞻，号东坡居士，眉山（今四川眉山）人。嘉祐二年（1057）与其弟苏辙同中进士。父洵亦能文，世称"三苏"。曾为中书舍人、翰林学士，历端明殿学士、礼部尚书。绍圣初年坐讪谤遭贬谪，晚年更远谪儋州（今海南儋县）。遇赦北归，卒于常州。

苏轼是北宋文学大家，其诗词散文无不精妙。其词豪放清旷，气象万千，扩大了词的领域，丰富了词的表现手法，有转变风气的作用，影响十分深远。有《东坡词》一卷。

水调歌头

丙辰中秋，欢饮达旦，大醉。作此篇，兼怀子由①。

明月几时有？把酒问青天。不知天上宫阙②，今夕是何年？我欲乘风归去，又恐琼楼玉宇③，高处不胜寒。起舞弄清影，何似在人间④。　　转朱阁，低绮户⑤，照无眠。不应有恨⑥，何事长向别时圆⑦？人有悲欢离合，月有阴晴圆缺，此事古难全。但愿人长久，千里共婵娟⑧。

①丙辰：宋神宗熙宁九年（1076）。达旦：到天明。子由：苏轼弟名辙，字子由，时在济南，兄弟已有七年未见。　②宫阙：宫殿。宫门两侧的望楼叫阙。　③琼楼玉宇：指月中宫殿。　④何似：何如。　⑤低绮户：低低地照进雕花的窗户中。　⑥不应有恨：是说月亮应该无所怨恨。　⑦何事：为什么。　⑧婵娟：美女之称。此处指月亮。

水　龙　吟

次韵章质夫杨花词①

似花还似非花②，也无人惜从教坠③。抛家傍路，思量却是，无情有思④。萦损柔肠⑤，困酣娇眼⑥，欲开还闭。梦随风万里，寻郎去处，又还被、莺呼起。

不恨此花飞尽，恨西园、落红难缀⑦。晓来雨过，遗踪何在？一池萍碎⑧。春色三分⑨，二分尘土，一分流水。细看来、不是杨花，点点是离人泪。

①章质夫：名楶，字质夫，时与苏轼同官汴京。他有咏杨花的《水龙吟》词，名冠一时。苏轼依照章词原韵作了此词，所以叫"次韵"。 ②这句说：杨花既像花又不像花。 ③从教坠：任凭它飘零坠落。 ④无情有思：看似无情，却也有其深意。 ⑤萦损柔肠：思恋之情愁坏肚肠。 ⑥困酣：困极。娇眼：柳叶初生时叫柳眼。娇眼是将柳叶拟人化，用美女的眼睛形容柳叶的娇态。 ⑦落红：指落花。难缀：难以连接。 ⑧萍碎：传说杨花落水，化为浮萍。作者原注："杨花落水为浮萍，验之信然。" ⑨春色：指杨花，大部分化作尘土，小部分随水流去。

念奴娇

赤壁怀古①

大江东去②，浪淘尽、千古风流人物。故垒西边③，人道是、三国周郎赤壁④。乱石穿空⑤，惊涛拍岸，卷起千堆雪⑥。江山如画，一时多少豪杰。　　遥想公瑾当年，小乔初嫁了⑦，雄姿英发⑧。羽扇纶巾⑨，谈笑间⑩、樯橹灰飞烟灭⑪。故国神游⑫，多情应笑我⑬，早生华发。人生如梦⑭，一樽还酹江月⑮。

①赤壁：三国时吴将周瑜击破曹操大军的地方，在今湖北嘉鱼。此处赤壁是指湖北黄冈城西长江北岸的赤壁矶，并非三国鏖兵之处。　②大江：长江。　③故垒：旧时营垒。　④周郎：周瑜，字公瑾，为吴国大将时年仅二十四岁，人称周郎。　⑤乱石穿空：陡峭的石壁插入天空。"穿空"一作"崩云"。　⑥千堆雪：比喻浪花。　⑦小乔：周瑜之妻，东吴著名美女。　⑧英发：英姿勃勃。一说言论见解卓越不凡。　⑨羽扇纶(guān)巾：古代儒将装束，形容周瑜态度从容闲雅。纶巾：配有青丝带的便帽。⑩谈笑间：形容轻而易举，不费力气。　⑪樯橹：指曹军的战船。　⑫故国：指三国时的战场。神游：追想。　⑬多情应笑我：即应笑我多情。⑭生：一作"间"。　⑮酹（lèi）：把酒倒在地上或水中，表示凭吊祭奠。

永　遇　乐

彭城夜宿燕子楼，梦盼盼，因作此词①。

明月如霜，好风如水，清景无限。曲港跳鱼，圆荷泻露，寂寞无人见。紞如三鼓②，铿然一叶③，黯黯梦云惊断④。夜茫茫，重寻无处，觉来小园行遍。

天涯倦客，山中归路，望断故园心眼。燕子楼空，佳人何在？空锁楼中燕。古今如梦，何曾梦觉，但有旧欢新怨⑤。异时对、黄楼夜景⑥，为余浩叹⑦。

①彭城：今江苏徐州市。白居易《燕子楼诗序》："徐州故尚书（张建封）有爱妓曰盼盼，善歌舞，雅多风态。尚书既没，彭城有旧第，第中有小楼名燕子。盼盼念旧爱而不嫁，居是楼十余年。" ②紞（dǎn）：打鼓声。紞如三鼓：三更鼓响了。 ③铿然：形容声音优美动听。此处指一叶飘坠的声音。 ④黯黯：黯然心伤。梦云惊断：从梦中惊醒。 ⑤旧欢新怨：指各种悲乐情感。 ⑥黄楼：彭城东门上的大楼，苏轼在徐州时改建。 ⑦浩叹：长叹。

洞　仙　歌

余七岁时，见眉山老尼，姓朱，忘其名，年九十岁，自言尝随其师入蜀主孟昶宫中①。一日大热，蜀主与花蕊夫人夜纳凉摩诃池上②，作一词，朱具能记之。今四十年，朱已死久矣，人无知此词者。但记其首两句，暇日寻味③，岂《洞仙歌》令乎？乃为足之云。

冰肌玉骨④,自清凉无汗。水殿风来暗香满⑤。绣帘开,一点明月窥人;人未寝,敧枕钗横鬓乱。

　　起来携素手⑥,庭户无声,时见疏星渡河汉⑦。试问夜如何?夜已三更,金波淡⑧,玉绳低转⑨。但屈指、西风几时来?又不道⑩,流年暗中偷换。

①孟昶(chǎng):五代时后蜀后主。喜爱文学,工声律,在位三十一年,后兵败降宋。　②花蕊夫人:孟昶的妃子。陶宗仪《辍耕录》:"蜀主孟昶纳徐匡璋女,拜贵妃,别号花蕊夫人。意花不足拟其色,似花蕊之翾轻也。"摩诃池:摩诃为梵语,有大、多、美好等义。摩诃池在后蜀宣华苑。今成都郊外昭觉寺,相传即其故址。　③寻味:反复体会、玩味。　④冰肌玉骨:肌骨像冰一样清净,像玉一样晶莹。　⑤水殿:筑在摩诃池上的宫殿。⑥素手:指美人白皙的手。　⑦河汉:银河。　⑧金波:金色的波浪,指浮动的月光。　⑨玉绳:星名,位于北斗星斗柄三星的北面。玉绳低转:表示夜深。　⑩不道:不觉。

卜　算　子

黄州定惠院寓居作①

缺月挂疏桐,漏断人初静②。时见幽人独往来③,缥缈孤鸿影④。　惊起却回头,有恨无人省⑤。拣尽寒枝不肯栖⑥,寂寞沙洲冷。

①黄州:今湖北省黄冈县。定惠院:在黄冈县东南。　②漏断:漏壶里的水流尽了,指夜深。　③幽人:深居简出的人。　④缥缈:隐约不清。孤鸿:比喻上句的"幽人"。　⑤省(xǐng):领会,明白。　⑥拣尽寒枝:良鸟择木而栖之意。表现孤鸿傲岸孤高的品格。

青　玉　案

和贺方回。送伯固归吴中①

三年枕上吴中路②,遣黄耳③,随君去。若到松江呼小渡④,莫惊鸥鹭,四桥尽是、老子经行处⑤。《辋川图》上看春暮⑥,常记高人右丞句⑦。作个归期天已许⑧。春衫犹是、小蛮针线⑨,曾湿西湖雨。

①贺方回:名铸,号鉴湖遗老,宋代词人。伯固:苏坚的字。吴中:今江苏苏州,苏坚家乡。　②三年:此时苏坚跟随苏轼在杭州住了

三年。枕上：睡梦中，指思念。 ③黄耳：一作"黄犬"。《晋书·陆机传》载：陆机有犬名黄耳。陆机在洛阳时，曾将书信系在黄耳的脖子上，让它带到松江家中，又从家中带回信至洛阳。 ④松江：即吴淞江。小渡：渡船。 ⑤四桥：苏州有四桥。老子：宋代老年人的自称。此是苏轼自称之词。 ⑥《辋川图》：唐代诗人王维官尚书右丞，有别墅在辋川（在今陕西蓝田县）。王维曾在蓝田清凉寺壁上绘辋川图。 ⑦高人：清高不肯出仕的人，即隐士。右丞：即王维，他曾做过尚书右丞。 ⑧天已许：指已获朝廷的许可。 ⑨小蛮：唐诗人白居易有家姬樊素善歌，妓小蛮善舞。这里苏轼以小蛮称其妾朝云。

临 江 仙

夜饮东坡醒复醉①，归来仿佛三更。家童鼻息已雷鸣。敲门都不应，倚杖听江声。　　长恨此身非我有②，何时忘却营营③？夜阑风静縠纹平④，小舟从此逝，江海寄余生⑤。

①东坡：在湖北黄冈县东。苏轼谪居黄州时，筑室于此，作为游赏休息之所，并以"东坡"自号。 ②此身非我有：指不能掌握自己的命运。这是道家对人生所采取的虚无主义态度。 ③营营：为功名利禄而劳碌、奔忙。 ④縠（hú）纹：皱纱上的细纹。此处比喻细微的水波。 ⑤余生：残生。

定 风 波

三月七日沙湖道中遇雨,雨具先去,同行皆狼狈,余独不觉。已而遂晴,故作此词①。

莫听穿林打叶声,何妨吟啸且徐行②。竹杖芒鞋轻胜马③,谁怕?一蓑烟雨任平生④。 料峭春风吹酒醒⑤,微冷,山头斜照却相迎。回首向来萧瑟处⑥,归去,也无风雨也无晴。

①三月七日:宋神宗元丰五年(1082)三月七日,当时苏轼谪居黄州(今湖北黄冈)。沙湖:在黄冈东三十里处。狼狈:进退都觉困难。 ②吟啸:高声咏诗。 ③芒鞋:草鞋。 ④蓑:用草编成的雨衣。任平生:指处之泰然。 ⑤料峭:微冷。多指春寒。 ⑥萧瑟处:指遇雨的地方。

江 城 子

乙卯正月二十日夜记梦①

十年生死两茫茫②。不思量,自难忘。千里孤坟③,无处话凄凉。纵使相逢应不识,尘满面,鬓如霜。

夜来幽梦忽还乡。小轩窗④,正梳妆。相顾无言⑤,惟有泪千行。料得年年肠断处⑥,明月夜,短松冈⑦。

①乙卯:宋神宗熙宁八年(1075),苏轼四十岁,时在密州(今山东诸城)太守任上。 ②十年:苏轼妻王弗卒于宋英宗治平二年(1065),至此整十年。茫茫:不明。 ③千里孤坟:王弗死后先葬于汴京西郊,次年迁葬眉山苏轼故里,与苏轼当时所在的密州相距几千里。 ④轩窗:外有走廊的窗户。 ⑤相顾:相视,对看。 ⑥肠断处:指墓地。肠断:形容极度伤心。 ⑦短松冈:指栽满矮松树的小山岗,是王弗的墓地。

木兰花令

次欧公西湖韵①

霜余已失长淮阔②,空听潺潺清颖咽③。佳人犹唱醉翁词④,四十三年如电抹⑤。　　草头秋露流珠滑,三五盈盈还二八⑥。与余同是识翁人,惟有西湖波底月⑦。

①欧公:称欧阳修。欧阳修曾于宋仁宗皇祐元年(1049)知颍州,作《木兰花令》一首。苏轼用其原韵作了此词。　②霜余:霜降之后。长淮:即淮河。　③潺潺:流水之声。清颖:指颖水,源于河南登封县嵩山西南,在安徽寿县正阳关入淮河。咽:一作"歇",指颖水变浅后流速缓慢,声音低沉。　④醉翁:即欧阳修。醉翁词:指欧阳修的《木兰花令》。　⑤四十三年:从欧阳修作西湖词(1049)到苏轼和此词(1091),相隔四十三年。如电抹:像电光一闪。　⑥三五:指农历十五日。二八:指农历十六日。盈盈:月亮圆满美好的样子。　⑦西湖:在颍州西。

贺新郎

乳燕飞华屋①,悄无人、槐阴转午②,晚凉新浴。手弄生绡白团扇③,扇手一时似玉。渐困倚、孤眠清熟。帘外谁来推绣户,枉教人、梦断瑶台曲④,又却是、风敲竹。　石榴半吐红巾蹙⑤,待浮花浪蕊都尽⑥,伴君幽独⑦。秾艳一枝细看取⑧,芳心千重似束⑨。又恐被、西风惊绿⑩,若待得、君来向此,花前对酒不忍触。共粉泪,两簌簌⑪。

①乳燕:小燕子。华屋:华美的房屋。　②槐阴转午:槐树的影子逐渐转移,时间已是午后。　③生绡:生丝。这里指用生丝织的薄纱。④梦断瑶台曲:游仙的美梦被惊断了。瑶台:传说中仙人居住的地方,在昆仑山。曲:幽深之处。　⑤蹙(cù):皱缩。　⑥浮花浪蕊:泛指各种轻浮争艳的花草。　⑦幽独:冷寂,孤独。　⑧秾(nóng)艳:茂盛,美丽。　⑨芳心千重:指石榴花瓣重叠。　⑩西风惊绿:石榴夏季开花,西风起后,榴花凋谢,便只剩下绿叶。　⑪两簌簌:花瓣与眼泪同时落下。

黄庭坚

黄庭坚(1045—1105),字鲁直,号山谷道人,又号涪翁,洪州分宁(今江西修水)人。治平四年(1067)进士,与秦观、张耒、晁补之合称"苏门四学士"。官历秘书丞、著作郎。后被贬为涪州别驾、黔州安置等,死于宜州(今广西宜山)贬所。有《山谷词》。

鹧鸪天

坐中有眉山隐客史应之和前韵,即席答之①

黄菊枝头生晓寒,人生莫放酒杯干。风前横笛斜吹雨,醉里簪花倒著冠②。　　身健在,且加餐,舞裙歌板尽清欢③。黄花白发相牵挽④,付与时人冷眼看。

①和前韵:作者先有一首题为《明月独酌自嘲呈史应之》词,史应之奉和一首,黄庭坚又作此词。　②倒著冠:反戴着帽子。　③舞裙歌板:泛指歌舞。　④黄花:此处指年轻女子。白发:作者自指。相牵挽:相互扶持。

定 风 波

次高左藏使君韵①

万里黔中一漏天②,屋居终日似乘船。及至重阳天也霁③,催醉,鬼门关外蜀江前④。　莫笑老翁犹气岸⑤,君看,几人黄菊上华颠⑥?戏马台南追两谢⑦,驰射,风流犹拍古人肩⑧。

①次:次韵,即用别人词的原韵。高左藏:作者友人,时为黔州知州。使君:对州郡长官的尊称。　②黔中:郡名,唐置,宋为绍庆府,治所在今四川彭水。漏天:阴雨不止,像是天漏了一样。　③霁:雨后天晴。④鬼门关:古关名,在今广西北流县西。此处借指险要的关隘。蜀江:指流经彭水的乌江。　⑤气岸:气概不凡。　⑥华颠:花白的头顶。颠:头顶。　⑦戏马台:在徐州,项羽所筑。东晋末年,刘裕北征过此,重阳节在台上大宴僚佐,赋诗为乐。两谢:指谢瞻和谢灵运。他们曾在刘裕的重阳宴会上赋诗。　⑧风流:即诗酒风流。犹拍古人肩:即可以和"两谢"那样的古人媲美。

秦　观

秦观（1049—1100），字少游，一字太虚，号淮海居士，高邮（今江苏高邮）人。元丰八年（1085）进士。元祐初年，除秘书省正字，兼国史院编修官。绍圣元年（1094），以元祐党籍被削秩，出为杭州通判，贬监处州酒税，南徙郴州、横州、雷州。徽宗即位后召还，卒于藤州道中。有《淮海居士长短句》三卷。

望　海　潮

梅英疏淡①，冰澌溶泄②，东风暗换年华。金谷俊游③，铜驼巷陌④，新晴细履平沙⑤。长记误随车⑥。正絮翻蝶舞，芳思交加⑦。柳下桃蹊⑧，乱分春色到人家。　　西园夜饮鸣笳⑨，有华灯碍月，飞盖妨花⑩。兰苑未空⑪，行人渐老⑫，重来是事堪嗟⑬。烟暝酒旗斜⑭。但倚楼极目，时见栖鸦⑮。无奈归心，暗随流水到天涯。

①梅英:梅花。疏淡:稀疏淡白。 ②冰澌:冰块逐渐融化。 ③金谷:即金谷园,在洛阳,西晋石崇所建,以豪奢著称。俊游:游览胜地。 ④铜驼:即铜驼街,在洛阳。 ⑤细履平沙:在沙地上慢步行走。 ⑥误随车:错跟上别家女眷的车。 ⑦芳思:由春天而引起的情思。 ⑧桃蹊:桃树下的小路。 ⑨西园:泛指名园。鸣笳:奏乐。 ⑩盖:车上的圆形篷顶。妨花:妨碍人们欣赏景色。 ⑪兰苑:花园。 ⑫行人:出门在外的人。此是作者自指。 ⑬是事:事事。 ⑭烟暝:夜雾弥漫。 ⑮栖鸦:归林的乌鸦。

八 六 子

倚危亭,恨如芳草,萋萋划尽还生①。念柳外青骢别后②,水边红袂分时③,怆然暗惊④。　　无端天与娉婷⑤,夜月一帘幽梦,春风十里柔情。怎奈向、欢娱渐随流水,素弦声断⑥,翠绡香减⑦。那堪片片飞花弄晚,濛濛残雨笼晴。正销凝⑧,黄鹂又啼数声。

①萋萋:草木茂盛的样子。划(chǎn)尽:铲除干净。 ②青骢(cōng):青白色相杂的马。此处借指骑马人。 ③红袂(mèi):红袖衫。袂:衣袖。此处代指女子。 ④怆然:悲伤的样子。 ⑤娉婷:美貌。 ⑥素弦:琴弦。代指琴。 ⑦翠绡:绿色的薄纱。 ⑧销凝:含悲凝神细想。

满 庭 芳

　　山抹微云,天连衰草,画角声断谯门①。暂停征棹②,聊共引离尊。多少蓬莱旧事③,空回首、烟霭纷纷。斜阳外,寒鸦数点④,流水绕孤村。　　销魂。当此际,香囊暗解⑤,罗带轻分⑥。漫赢得、青楼薄幸名存⑦。此去何时见也,襟袖上、空惹啼痕。伤情处,高城望断,灯火已黄昏。

①画角:饰有彩绘的号角。谯门:建于城上用以瞭望的楼。　②征棹:远行的船。　③蓬莱旧事:指旧日恋情。今浙江绍兴市龙山下旧有蓬莱阁,秦观曾来此冶游。　④数点:一作"万点"。　⑤香囊暗解:暗暗解下香囊作为临别的纪念品。香囊:盛放香饵的锦袋。　⑥罗带轻分:古人用结带象征相爱。这里用罗带轻分表示离别。罗带:系腰的丝带。　⑦漫:空。青楼:妓女的住处。薄幸:薄情。略用杜牧《遣怀诗》:"十年一觉扬州梦,赢得青楼薄幸名"句意。

满 庭 芳

晓色云开,春随人意,骤雨才过还晴。古台芳榭,飞燕蹴红英①。舞困榆钱自落②,秋千外,绿水桥平。东风里,朱门映柳,低按小秦筝③。　　多情。行乐处,珠钿翠盖④,玉辔红缨⑤。渐酒空金榼⑥,花困蓬瀛⑦。豆蔻梢头旧恨⑧,十年梦,屈指堪惊。凭栏久,疏烟淡日,寂寞下芜城⑨。

①蹴红英:踏落红花。蹴:踏,踢。英:花。　②榆钱:榆荚成串如铜钱,故称榆钱。　③秦筝:古代乐器名。　④珠钿翠盖:车上有珠子的嵌金装饰,车盖上缀有翠羽。　⑤玉辔红缨:用玉装饰的马缰,上面配有红缨。　⑥金榼:金杯。　⑦蓬瀛:传说中的仙山蓬莱、瀛洲。　⑧豆蔻:豆蔻花,开于二月初。女子十二四岁称豆蔻年华。这里化用杜牧《赠别》诗句意:"娉娉袅袅十三余,豆蔻梢头二月初。"　⑨芜城:即广陵城(今扬州市)。南朝宋竟陵王刘诞作乱之后,城邑荒芜,鲍照曾登城作《芜城赋》,后人遂称其城为芜城。

减字木兰花

天涯旧恨,独自凄凉人不问。欲见回肠①,断尽金炉小篆香②。 黛蛾长敛③,任是春风吹不展。困倚危楼④,过尽飞鸿字字愁⑤。

①回肠:指内心曲折百转的忧愁和痛苦。 ②篆香:盘香,因其形状回环像篆文,故称。 ③黛蛾:指女子的眉毛。汉代宫女画青黛蛾眉。 ④危楼:高楼。 ⑤飞鸿:即鸿雁,春季飞回北方。字字:大雁群飞时往往排成"人"字或者"一"字形,称"雁字"。

踏 莎 行

郴州旅舍

雾失楼台①,月迷津渡②,桃源望断无寻处③。可堪孤馆闭春寒④,杜鹃声里斜阳暮⑤。 驿寄梅花⑥,鱼传尺素⑦,砌成此恨无重数⑧。郴江幸自绕郴山⑨,为谁流下潇湘去⑩?

①雾失楼台:浓雾掩没了楼台。 ②月迷津渡:月色朦胧,辨不清渡口。 ③桃源:陶渊明在《桃花源记》里虚构的世外乐园。武陵(今湖南常德)有所谓桃花源,秦观南贬时路过这里,曾作词表示对仙境的向往。 ④可堪:哪堪,受不住。 ⑤杜鹃声里:指杜鹃鸟凄切的叫声。杜鹃鸣叫,像是在呼"不如归去",极易勾起旅人的乡思。 ⑥驿寄梅花:指远方亲友的寄赠。《荆州记》载:"陆凯与范晔交善,自江南寄梅花一枝,诣长安与晔,并赠诗曰:折梅逢驿使,寄与陇头人。江南无所有,聊赠一枝春。" ⑦鱼传尺素:指远方的来信。 ⑧砌:堆积。无重数:多得数不清。 ⑨郴(chēn)江:发源于湖南郴县黄岭山,向北流入耒水,最终流入潇湘。幸自:本自,本来。郴山:即黄岭山。 ⑩为谁:为什么。潇湘:湖南的两条河潇水和湘水,合流后称湘江,古诗词中多称为潇湘。

浣 溪 沙

漠漠轻寒上小楼①,晓阴无赖似穷秋②。淡烟流水画屏幽③。　　自在飞花轻似梦,无边丝雨细如愁。宝帘闲挂小银钩。

①漠漠:轻淡,弥漫。 ②晓阴:早上天阴。无赖:不可心。穷秋:晚秋。 ③淡烟流水:指屏风上画着的景物。

阮 郎 归

湘天风雨破寒初①,深沉庭院虚。丽谯吹罢小单于②,迢迢清夜徂③。 乡梦断,旅魂孤,峥嵘岁又除④。衡阳犹有雁传书⑤,郴阳和雁无⑥。

①湘:泛指今湖南南部地区。 ②丽谯:美丽的城楼门。小单于:唐代大角曲名。 ③徂:过去。 ④峥嵘:不寻常。除:指除夕。 ⑤"衡阳"句:相传北雁南飞,至衡阳而返;古时又有鸿雁传书的传说,故言。 ⑥郴阳:今湖南郴县,在衡阳南。

鹧 鸪 天

枝上流莺和泪闻,新啼痕间旧啼痕①。一春鱼鸟无消息②,千里关山劳梦魂。　　无一语,对芳尊,安排肠断到黄昏③。甫能炙得灯儿了④,雨打梨花深闭门。

①间:夹杂。　②鱼鸟:古时传说鱼和雁都能为人传递书信,故言。见晏殊《清平乐》"红笺小字"注②。　③安排:打发,排遣。肠断:形容极度的忧伤。　④甫:刚刚。

晁元礼

晁元礼（1046—1113），又名端礼，字次膺，祖籍澶州清丰（今河南清丰），徙家彭门（今江苏徐州）。熙宁六年（1073）进士，曾两为县令，终因触忤上官被罢官。晚年以承事郎为大晟府协律。词有《闲适集》，不传。今有《闲斋琴趣外篇》传世。

绿　头　鸭

晚云收，淡天一片琉璃①。烂银盘②、来从海底，皓色千里澄辉。莹无尘、素娥淡伫③，静可数、丹桂参差④。玉露初零，金风未凛⑤，一年无似此佳时。露坐久、疏萤时度，乌鹊正南飞。瑶台冷⑥，阑干凭暖，欲下迟迟。　　念佳人、音尘别后，对此应解相思。最关情、漏声正永，暗断肠、花影偷移。料得来宵，清光未减，阴晴天气又争知⑦。共凝恋、如今别后，还是隔年期。人强健，清尊素影，长愿相随。

①琉璃:形容光滑洁净的天空。　②烂银盘:指月亮。　③素娥:即嫦娥,月中仙子。淡伫:静静地伫立。　④丹桂:指传说中的月中桂树。参差:高低不齐。　⑤金风:即秋风。　⑥瑶台:美玉砌成的高台。　⑦争知:即怎知。

赵令畤

赵令畤（1051—1134），字德麟，宋太祖次子燕王德昭玄孙。元祐中签署颍州公事，坐与苏轼交通，罚金，入党籍。绍兴初年袭封安定郡王，同知行在大宗正事。有《聊复集》，今不传。近人赵万里有辑本。

蝶恋花

欲减罗衣寒未去，不卷珠帘，人在深深处。红杏枝头花几许？啼痕止恨清明雨①。　　尽日沉烟香一缕②，宿酒醒迟，恼破春情绪③。飞燕又将归信误④，小屏风上西江路⑤。

①啼痕：指杏花上带着雨迹，好像啼哭一样。　②沉烟香：即沉香，一种植物，木材可作熏衣的香料。又叫沉水香。　③恼破：极度恼恨。　④"飞燕"句：燕子耽误了情人归来的音信。　⑤西江：即郁水，由广西流经广东入海。这里指屏风上的风景。

蝶　恋　花

卷絮风头寒欲尽,坠粉飘香,日日红成阵①。新酒又添残酒困,今春不减前春恨。　蝶去莺飞无处问,隔水高楼,望断双鱼信②。恼乱横波秋一寸③,斜阳只与黄昏近。

①红成阵:落花纷纷。　②双鱼信:代指书信。　③秋一寸:指眼睛。

清　平　乐

春风依旧,著意隋堤柳①。搓得鹅儿黄欲就②,天气清明时候。　去年紫陌青门③,今宵雨魄云魂④。断送一生憔悴,只销几个黄昏。

①隋堤柳:隋炀帝开凿通济渠,沿渠筑堤,称隋堤,堤上植柳树。　②搓:形容春风的吹拂。鹅儿黄:指柳条嫩似鹅黄。　③紫陌青门:指冶游的各种欢乐场所。④雨魄云魂:形容人离散后的凄凉景象。

张　耒

张耒（1054—1114），字文潜，楚州淮阴（今江苏淮阴）人。十七岁作《函关赋》，为苏轼称道。弱冠中进士，官至起居舍人。绍圣中，谪监黄州酒税，后居陈州。有《宛丘集》百卷。词作有赵万里所辑《柯山诗余》一卷。

风　流　子

木叶亭皋下①，重阳近，又是捣衣秋②。奈愁入庾肠③，老侵潘鬓④，谩簪黄菊⑤，花也应羞。楚天晚，白蘋烟尽处，红蓼水边头。芳草有情，夕阳无语，雁横南浦，人倚西楼。　　玉容知安否？香笺共锦字⑥，两处悠悠。空恨碧云离合⑦，青鸟沉浮⑧。向风前懊恼，芳心一点，寸眉两叶，禁甚闲愁。情到不堪言处，分付东流。

①木叶：即树叶。亭皋：水边平地。下：飘坠。　②捣衣秋：深秋九月，正是做寒衣之时。将衣物放在砧石上，用杵槌捣，使之平整，叫作捣

衣。　③庾肠：庾信的愁苦。庾信是南人，流寓北周，不得南返，作《哀江南赋》，词意甚苦。　④潘鬓：潘岳三十二岁头发就花白了。　⑤谩簪黄菊：把菊花随便地插在头上。　⑥香笺：指女子的信札。锦字：锦书，情人的书信。　⑦碧云离合：指离别。　⑧青鸟：传说中为西王母传递消息的鸟，后多指使者。

晁补之

晁补之（1053—1110），字无咎，晚号归来子，济州巨野（今山东巨野）人。十七岁随父宦居杭州，著《钱塘七述》，得苏轼激赏。元丰二年（1079）进士第一及第。后因入元祐党籍而谪监信州酒税，起知泗州，卒于官。"苏门四学士"之一，有《琴趣外篇》六卷。

水 龙 吟

次韵林圣予惜春

问春何苦匆匆，带风伴雨如驰骤①。幽葩细萼②，小园低槛，壅培未就③。吹尽繁红，占春长久，不如垂柳。算春常不老，人愁春老，愁只是、人间有。　　春恨十常八九，忍轻辜、芳醪经口④。那知自是，桃花结子，不因春瘦。世上功名，老来风味，春归时候。纵樽前痛饮，狂歌似旧，情难依旧。

①驰骤:快速奔跑。 ②幽葩细萼:指各种娇嫩的花朵。 ③壅培:用土或肥料培在植物根部,以促其生长。未就:还没完成。 ④芳醑:美酒。

盐 角 儿

亳社观梅①

开时似雪,谢时似雪,花中奇绝。香非在蕊,香非在萼,骨中香彻。 占溪风②,留溪月。堪羞损③、山桃如血。直饶更④、疏疏淡淡,终有一般情别。

①亳社:殷社。古时建国必先立社,殷(商)都亳,故称亳社。故址在今河南安阳市西北。 ②占溪风:谓梅花独占溪边风光。 ③堪羞损:简直能羞死。 ④直饶更:即使是,就算是。

忆 少 年

别历下①

无穷官柳,无情画舸②,无根行客③。南山尚相送,只高城人隔。 罨画园林溪绀碧④,算重来、尽成陈迹。刘郎鬓如此⑤,况桃花颜色。

①历下:今山东历城县。 ②画舸:彩绘的船只。 ③行客:出门远行的人,此是作者自指。 ④罨(yǎn)画:画家称杂色画为罨画。绀(gàn):稍微带红的黑色。碧:翠绿色。 ⑤刘郎:唐诗人刘禹锡,其诗《元和十年自郎州承召至京,戏赠看花诸君子》云:"玄都观里桃千树,尽是刘郎去后栽。"此处作者用"刘郎"自指。

洞 仙 歌

泗州中秋作①

青烟幂处②,碧海飞金镜③。永夜闲阶卧桂影④。露凉时,零乱多少寒螀⑤。神京远⑥,惟有蓝桥路近⑦。

水晶帘不下,云母屏开,冷浸佳人淡脂粉。待都将许多明,付与金尊,投晓共流霞倾尽⑧。更携取、胡床上南楼⑨,看玉做人间⑩,素秋千顷。

①泗州:宋代属淮南东路,在今安徽省境内。当时作者任泗州知州,

此词是他的绝笔之作。 ②幂(mì):遮盖。 ③金镜:指满月。 ④永夜:长夜。桂影:桂树的影子,也暗指月光。 ⑤寒螀(jiāng):寒蝉。 ⑥神京:指宋都汴梁。 ⑦蓝桥:在陕西省蓝田县东南。唐裴铏在《传奇·裴航》中云:书生裴航经过蓝桥驿,遇仙人云英,寻得玉杵臼捣药百日,与之结为夫妇,一同仙去。裴航捣药时见有玉兔相助,故此处用蓝桥仙境代指月宫。 ⑧投晓:天亮时。流霞:仙酒名。 ⑨胡床上南楼:《世说新语》记载:晋庾亮在武昌,尝秋夜与诸佐吏殷浩等登南楼赏月,据胡床咏谑。 ⑩玉做人间:指皓月映照下洁净美丽的世界,简直似白玉做成的。

晁冲之

晁冲之，字叔用，巨野人，晁补之从弟。政和年间为大晟东丞，曾因党争被废，居具茨山下，自号具茨先生。赵万里辑有《晁叔用词》一卷。

临 江 仙

忆昔西池池上饮①，年年多少欢娱。别来不寄一行书，寻常相见了，犹道不如初。　　安稳锦衾今夜梦，月明好渡江湖。相思休问定何如，情知春去后，管得落花无。

①西池：在宋都汴京，又名金明池。

舒　亶

舒亶（1042—1104），字信道，号懒堂，明州慈溪（今浙江慈溪）人。治平二年（1065）进士。曾为权监察御史，知谏院，权直学士院，后因罪被废斥。崇宁元年（1102），进龙图阁待制。赵万里辑有《舒学士词》一卷。

虞　美　人

寄公度

芙蓉落尽天涵水①，日暮沧波起。背飞双燕贴云寒②，独向小楼东畔倚阑看。　浮生只合尊前老，雪满长安道③。故人早晚上高台④，寄我江南春色一枝梅⑤。

①芙蓉：即荷花。天涵水：指水天相接。　②背飞双燕：一双燕子相背而飞。　③长安：借指京城。　④故人：老朋友。早晚：在任何时候。　⑤"寄我"句：用南朝宋陆凯折梅题诗以寄范晔典故，参见秦观《踏莎行》"雾失楼台"注⑥。

朱 服

朱服(1048—?),字行中,湖州乌程(今浙江吴兴)人。熙宁六年(1073)进士。哲宗朝,历中书舍人、礼部侍郎。徽宗朝,加集贤殿修撰,知广州,黜知袁州,再贬蕲州。有词一首。

渔 家 傲

小雨纤纤风细细,万家杨柳青烟里。恋树湿花飞不起①。愁无际,和春付与东流水。　　九十光阴能有几?金龟解尽留无计②。寄语东阳沽酒市③。拚一醉,而今乐事他年泪④。

①恋树湿花:被小雨打湿的花粘在树枝上。　②金龟:古人佩带的饰物。唐代三品以上官可佩金龟。唐诗人贺知章曾解下金龟换酒,以酬李白。③东阳:今浙江金华市。东阳一作"东城"。　④而今:现今,如今。

毛 滂

毛滂(1061—1124？),字泽民,衢州江山(今浙江江山)人。元祐年间为杭州法曹,曾受苏轼荐举。官至祠部员外郎、知秀州。有《东堂词》一卷。

惜 分 飞

富阳僧舍作别语赠妓琼芳①

泪湿阑干花著露②,愁到眉峰碧聚③。此恨平分取,更无言语空相觑④。　　断雨残云无意绪⑤,寂寞朝朝暮暮。今夜山深处,断魂分付潮回去⑥。

①富阳:浙江县名,在钱塘江北岸,杭州西南。僧舍:寺院。　②阑干:眼泪纵横的样子。　③碧聚:古人用黛画眉,其色青碧,皱眉时青碧色便聚在一起。　④相觑(qù):相视,对看。　⑤断雨:一作"短雨"。意绪:情绪,兴致。　⑥断魂:指被相思折磨至极的心魂。分付:付与,寄与。潮回去:让奔涌的江潮带回到你的身边。

陈 克

陈克（1081—1137），字子高，号赤城居士，临海（今浙江临海县）人，侨寓金陵（今南京市）。绍兴年间为敕令所删定官。有《赤城词》一卷。

菩 萨 蛮

赤阑桥尽香街直①，笼街细柳娇无力。金碧上青空②，花晴帘影红。　　黄衫飞白马③，日日青楼下④。醉眼不逢人⑤，午香吹暗尘。

①赤阑桥：带有朱红栏杆的桥梁。　②金碧：指金碧辉煌的高大建筑。　③黄衫：隋、唐时少年喜穿的华贵衣服。此处指穿黄衫的少年。④青楼：妓女所在的歌舞欢乐场所。　⑤不逢人：指醉眼认不清来人，或说目中无人。

菩萨蛮

绿芜墙绕青苔院①,中庭日淡芭蕉卷②。蝴蝶上阶飞,烘帘自在垂③。　玉钩双语燕,宝甃杨花转④。几处簸钱声⑤,绿窗春睡轻。

①绿芜:不加修整的绿色植物。　②中庭:庭院。　③烘帘:指晴日烘照的窗帘。　④甃(zhòu):井壁。此处代指井。　⑤簸钱:古代的一种游戏。王建《宫词》:"暂向玉华阶上坐,簸钱赢得两三筹。"

李元膺

李元膺,山东东平人,曾任南京(今河南商丘)教官。赵万里辑有《李元膺词》一卷。

洞 仙 歌

一年春物,惟梅柳间意味最深。至莺花烂漫时,则春已衰迟,使人无复新意。予作《洞仙歌》,使探春者歌之,无后时之悔。

雪云散尽,放晓晴池院。杨柳于人便青眼①。更风流多处,一点梅心,相映远。约略颦轻笑浅②。一年春好处,不在浓芳③,小艳疏香最娇软④。到清明时候,百紫千红花正乱⑤,已失春风一半。早占取、韶光共追游⑥,但莫管春寒,醉红自暖。

①青眼:人在喜悦时正目而视,眼中青处多。不满或恼怒时,眼中白处多。青眼表示欢喜。 ②颦轻笑浅:谓梅花在微笑中有一丝淡淡的哀愁。 ③浓芳:即小序中所说的"莺花烂漫时"。 ④小艳疏香:指早春时的柳眼梅花。 ⑤乱:热闹、纷繁。 ⑥韶光:春光。

时　彦

时彦（？—1107），字邦美，开封（今河南开封市）人。元丰二年（1079）进士第一，累官兵部员外郎、集贤校理、河东转运使、吏部尚书，尝为开封尹。有词一首。

青　门　饮
寄宠人

胡马嘶风①，汉旗翻雪②，彤云又吐③，一竿残照。古木连空，乱山无数，行尽暮沙衰草。星斗横幽馆④，夜无眠、灯花空老⑤。雾浓香鸭⑥，冰凝泪烛⑦，霜天难晓。　　长记小妆才了⑧，一杯未尽，离怀多少。醉里秋波，梦中朝雨，都是醒时烦恼。料有牵情处，忍思量、耳边曾道。甚时跃马归来，认得迎门轻笑。

①胡马：代指西北地区少数民族政权的军队。　②汉旗：代指宋朝军队。　③彤云：红霞。　④幽馆：驿馆，客舍。　⑤老：指灯芯延烧聚结成花。　⑥雾浓香鸭：鸭形熏炉散放出香雾。　⑦冰凝泪烛：指烛泪凝结成块，像冰一样。　⑧小妆才了：刚刚化好淡妆。

李之仪

李之仪（1048—1117），字端叔，自号姑溪居士，沧州无棣（今山东无棣）人。元丰年间进士及第，曾随苏轼入定州幕府。元祐初为枢密院编修官，通判原州。徽宗朝，提举河东常平。后以文章获罪，除名。有《姑溪词》。

谢池春

残寒消尽，疏雨过、清明后。花径敛余红①，风沼萦新皱②。乳燕穿庭户，飞絮沾襟袖。正佳时，仍晚昼，著人滋味③，真个浓如酒④。　　频移带眼⑤，空只恁⑥、厌厌瘦。不见又思量，见了还依旧。为问频相见，何似长相守。天不老，人未偶⑦，且将此恨，分付庭前柳⑧。

①敛：收拢。余红：残存的春花。　②新皱：新起的波纹。　③著（zhuó）人：让人感觉到。　④真个：真正，确实。　⑤带眼：腰带上的孔眼。　⑥空只恁：只能听凭，无可奈何。　⑦人未偶：两人处于离别的境地，未

得团圆。　⑧分付：交托。

卜　算　子

　　我住长江头，君住长江尾。日日思君不见君，共饮长江水。　　此水几时休？此恨何时已①？只愿君心似我心，定不负相思意。

①已：停止，完结。

周邦彦

周邦彦（1056—1121），字美成，自号清真居士，钱塘（今浙江杭州）人。宋神宗元丰六年（1083）献《汴都赋》，深得皇帝赏识，擢为太学正。后长期在州县间担任官职。宋徽宗颁布《大晟乐》，召周邦彦提举大晟府。他精通音律，能自度曲，在审订词调方面做了一些精密的工作。有《片玉词》传世。

瑞　龙　吟

章台路①，还见褪粉梅梢②，试花桃树③。愔愔坊陌人家④，定巢燕子，归来旧处。黯凝伫⑤。因念个人痴小⑥，乍窥门户。侵晨浅约宫黄⑦，障风映袖，盈盈笑语。　　前度刘郎重到⑧，访邻寻里，同时歌舞，惟有旧家秋娘⑨，声价如故。吟笺赋笔⑩，犹记燕台句⑪。知谁伴，名园露饮⑫，东城闲步？事与孤鸿去。探春尽是、伤离意绪。官柳低金缕⑬。归骑晚，纤纤池塘飞雨。断肠院落，一帘风絮。

①章台路：汉都长安有章台街在章台下。后人以章台为歌妓聚居之所。　②褪粉梅梢：枝头的梅花已渐凋零。褪：减色。　③试花：刚开始吐蕊。　④愔愔（yīn）：寂静无声。坊陌：即坊曲，妓女的居地。　⑤黯凝伫：黯然凝神伫立。　⑥个人：伊人，情人。痴小：稚气天真。　⑦侵晨：早晨。浅约宫黄：淡涂脂粉。宫黄：宫女用来涂额的黄粉。　⑧前度刘郎：唐刘禹锡《再游玄都观》诗云："种桃道士归何处？前度刘郎今又来。"另，据《幽明录》：东汉刘晨、阮肇入天台山桃溪采药，得配仙侣。及重觅前踪，已杳不可得。刘郎指刘晨。　⑨秋娘：唐代名妓。　⑩吟笺赋笔：指从前所作的诗词。　⑪燕台句：李商隐《赠柳枝》诗云："长吟远下燕台句，惟有花香染未消。"此处借指词人赠给情人的诗句。　⑫露饮：脱帽露顶饮酒。形容无拘无束。　⑬金缕：形容柳条如金线。

风　流　子

新绿小池塘，风帘动、碎影舞斜阳。羡金屋去来，旧时巢燕，土花缭绕①，前度莓墙②。绣阁里、凤帏深几许③，听得理丝簧④。欲说又休，虑乖芳信⑤，未歌先噎，愁近清觞⑥。　遥知新妆了，开朱户、应自待月西厢⑦。最苦梦魂，今宵不到伊行⑧。问甚时说与，佳音密耗，寄将秦镜⑨，偷换韩香⑩？天便教人，霎时厮见何妨⑪!

①土花：苔藓。 ②莓墙：长满青苔的墙。 ③风帏：绣着凤凰图案的帐子。 ④丝簧：泛指各种丝竹乐器。 ⑤乖：违背。 ⑥愁近清觞：一作"愁转清商"。 ⑦待月：暗指等待情人。《会真记》载崔莺莺与张生诗："待月西厢下，迎风户半开。" ⑧伊行：她那里。 ⑨秦镜：汉代人秦嘉之妻徐淑赠给秦嘉一面明镜，秦嘉赋诗答谢。乐府诗："盘龙明镜饷秦嘉，辟恶生香寄韩寿。" ⑩韩香：《晋书》载：贾充之女贾午爱上了韩寿，私下赠香给韩寿。贾充闻见韩寿身上的香味，心中明白是女儿所赠，便把贾午许配给韩寿。 ⑪霎时：立刻。厮见：相见。

兰 陵 王

柳

柳阴直①，烟里丝丝弄碧。隋堤上②，曾见几番，拂水飘绵送行色③。登临望故国④，谁识京华倦客？长亭路，年去岁来，应折柔条过千尺⑤。　　闲寻旧踪迹，又酒趁哀弦⑥，灯照离席。梨花榆火催寒食⑦。愁一箭风快⑧，半篙波暖，回头迢递便数驿⑨，望人在天北⑩。　凄恻,恨堆积。渐别浦萦回⑪,津堠岑寂⑫,斜阳冉冉春无极⑬。念月榭携手⑭,露桥闻笛⑮。沉思前事,似梦里,泪暗滴。

①柳阴直:长堤上柳树的阴影连缀成一条直线。　②隋堤:指隋炀帝开汴水所修的堤岸。　③飘绵:柳絮飘飞。　④故国:故乡。　⑤"应折"句:古人送行,多折柳赠别。此句说经常送别亲友,为离愁所苦。柔条:指柳枝。　⑥哀弦:轻柔的弦乐声。　⑦榆火:寒食节后朝廷取榆柳新火以赐百官,民间也有"改火"(即另取薪火)的风俗。　⑧一箭风快:顺风船行如快箭。　⑨迢递:遥远。数驿:几个驿站的路程。　⑩人:送行之人。　⑪别浦:送别之处。萦回:水波回旋。　⑫津堠:渡口曰津,哨所曰堠。此处指码头上的哨所。　⑬冉冉:慢慢移动貌。　⑭月榭:月光映照的楼台。　⑮露桥:露水沾湿的小桥。

琐窗寒

寒食

暗柳啼鸦,单衣伫立,小帘朱户。桐花半亩,静锁一庭愁雨。洒空阶、夜阑未休①,故人剪烛西窗语②。似楚江暝宿③,风灯零乱④,少年羁旅。　迟暮。嬉游处,正店舍无烟,禁城百五⑤。旗亭唤酒⑥,付与高阳俦侣⑦。想东园,桃李自春,小唇秀靥今在否⑧?到归时、定有残英⑨,待客携尊俎。

①夜阑:夜深。　②剪烛西窗语:李商隐《夜雨寄北》诗云:"何当共剪西窗烛,却话巴山夜雨时。"　③暝宿:过夜。　④风灯:指风吹春灯。　⑤百五:即寒食节。宗懔《荆楚岁时记》:"去冬节一百五日,即有疾风甚雨,谓之寒食,禁火三日,造饧、大麦粥。"　⑥旗亭:酒楼。　⑦高阳俦侣:指酒友。《史记》载:郦食其,陈留高阳人,求见沛公刘邦。刘邦以为他是儒生,不予接见。郦食其按剑大呼:"走复入言沛公,吾高阳酒徒也,非儒人也。"于是刘邦接见了他。　⑧小唇秀靥(yè):指美貌女子。靥:酒窝。　⑨残英:残存的花。

六　丑

蔷薇谢后作

正单衣试酒①,怅客里光阴虚掷②。愿春暂留,春归如过翼③,一去无迹。为问家何在?夜来风雨,葬楚宫倾国④。钗钿堕处遗香泽⑤。乱点桃蹊,轻翻柳陌,多情为谁追惜⑥?但蜂媒蝶使⑦,时叩窗槅⑧。

东园岑寂⑨,渐蒙笼暗碧⑩。静绕珍丛底⑪,成叹息。长条故惹行客,似牵衣待话,别情无极。残英小,强簪巾帻⑫;终不似、一朵钗头颤袅⑬,向人欹侧⑭。漂流处、莫趁潮汐。恐断红尚有相思字⑮,何由见得⑯。

①试酒:宋代风俗,三、四月间要尝试新酒。 ②怅:惆怅,不如意。 ③如过翼:像鸟飞掠过去。 ④倾国:绝代佳人。李延年歌:"北方有佳人,绝世而独立。一顾倾人城,再顾倾人国。"此处借指蔷薇。 ⑤钗钿:女子头上的饰物。此处用来形容飘落的花瓣。 ⑥为谁:谁为。 ⑦蜂媒蝶使:指蜂和蝶。它们在花中飞来飞去,像是花的媒人和使者。 ⑧窗槅:窗格子。 ⑨岑寂:寂静。 ⑩蒙笼暗碧:草木茂盛,绿叶成荫,环境显得幽暗。 ⑪珍丛:花丛。 ⑫巾帻:头巾。 ⑬颤袅:摆动。 ⑭欹侧:倾斜。此处有悦人、媚人之意。 ⑮"恐断红"句:暗用唐代宫女题诗红叶,流出御沟,后与文士结成佳偶的故事。断红:指落花。 ⑯何由见得:如何能够见到。

夜 飞 鹊

别 情

河桥送人处①,良夜何其②?斜月远堕余辉。铜盘烛泪已流尽③,霏霏凉露沾衣。相将散离会④,探风前津鼓⑤,树杪参旗⑥。花骢会意⑦,纵扬鞭、亦自行迟。　迢递路回清野,人语渐无闻,空带愁归。何意重经前地,遗钿不见,斜径都迷。兔葵燕麦⑧,向残阳、欲与人齐。但徘徊班草⑨,欷歔酹酒⑩,极望天西。

①河桥:指今开封附近的汴河之桥。　②良夜:月白风清之夜。何其:如何。　③铜盘:插烛的台盘。　④相将:即将。散离会:告别的宴会将散。　⑤津鼓:渡头的更鼓。　⑥树杪:树梢。参旗:画有星辰的旗。参(shēn):星名,二十八星宿之一。　⑦花骢:花马。　⑧兔葵燕麦:泛指各种野草。兔葵:一种可吃的野菜。　⑨班草:布草而坐。班:分开。　⑩欷歔:抽泣声。酹酒:把酒浇在地上,表示祭奠。

满 庭 芳

夏日溧水无想山作①

风老莺雏②,雨肥梅子③,午阴嘉树清圆④。地卑山近,衣润费炉烟⑤。人静乌鸢自乐⑥,小桥外、新绿溅溅⑦。凭栏久,黄芦苦竹,拟泛九江船⑧。

年年,如社燕⑨,飘流瀚海⑩,来寄修椽⑪。且莫思身外⑫,长近尊前。憔悴江南倦客⑬,不堪听、急管繁弦⑭。歌筵畔,先安枕簟⑮,容我醉时眠。

①溧水:今江苏溧水县。 ②风老莺雏:小莺在暖风中长大了。老:使之变老。 ③雨肥梅子:梅子在雨水的浸润下变得肥大起来。 ④嘉树:美木。清圆:树荫清凉,影子呈圆形。 ⑤润:潮湿。炉烟:熏衣服的香烟。 ⑥乌鸢(yuān):乌鸦一类的鸟。 ⑦新绿:新涨的绿水。溅溅:急流中的水声。 ⑧拟:打算。泛九江船:唐白居易被贬为江州司马,在湓江送客,作《琵琶行》,有"住近湓江地低湿,黄芦苦竹绕宅生。"此处词人以白居易贬谪江州(即九江)时的处境和心情自比。 ⑨社燕:相传燕子于春天的社日从南方飞来,秋社日又飞回南方,故称社燕。 ⑩瀚海:沙漠。此处泛指边远荒僻地区。 ⑪修椽(chuán):长椽。指燕子筑窝处。

⑫身外:指功名利禄等身外之物。　⑬江南倦客:作者自指。　⑭急管繁弦:音响强烈而繁杂的音乐。　⑮簟(diàn):竹席。

过　秦　楼

水浴清蟾①,叶喧凉吹,巷陌马声初断。闲依露井,笑扑流萤②,惹破画罗轻扇。人静夜久凭阑,愁不归眠,立残更箭③。叹年华一瞬,人今千里,梦沉书远。

空见说、鬓怯琼梳④,容销金镜,渐懒趁时匀染⑤。梅风地溽⑥,虹雨苔滋⑦,一架舞红都变⑧。谁信无聊为伊,才减江淹⑨,情伤荀倩⑩。但明河影下⑪,还看稀星数点。

①清蟾:指明月。　②流萤:杜牧有"轻罗小扇扑流萤"诗句。③更箭:古代用铜壶盛水,壶中立箭以计时刻,称更箭。　④琼梳:精美的玉梳。鬓怯琼梳:头发稀少,因而害怕梳理。　⑤趁时匀染:按时匀粉化妆。　⑥梅风:梅雨季节所刮的风。溽:潮湿。　⑦虹雨:一作"红雨"。指阴多晴少的天气。苔滋:青苔滋生。　⑧一架:指花丛。舞红:指落花。　⑨才减江淹:《南史》载:"江淹少时,宿于江亭,梦人授五色笔,因而有文章。后梦郭璞取其笔,自此为诗无美句,人称才尽。"此处是说因

相思而才情大减。 ⑩情伤荀倩:《世说新语》载:"荀奉倩妻曹氏有艳色,妻常病热,奉倩以冷身熨之。妻亡,叹曰:'佳人难再得。'人吊之,不哭而神伤。未几,奉倩亦亡。" ⑪明河:银河。

花　犯

梅　花

粉墙低,梅花照眼①,依然旧风味。露痕轻缀,疑净洗铅华②,无限佳丽。去年胜赏曾孤倚③,冰盘同宴喜④。更可惜、雪中高树,香篝熏素被⑤。

今年对花最匆匆,相逢似有恨,依依愁悴。吟望久,青苔上,旋看飞坠。相将见、翠丸荐酒⑥,人正在、空江烟浪里。但梦想、一枝潇洒,黄昏斜照水。

①照眼:光彩夺目。 ②铅华:泛指女子化妆的脂粉。 ③孤倚:独自倚靠着梅树。 ④冰盘同宴喜:指与梅花同宴共醉。 ⑤香篝:即熏笼。香篝熏素被:是说梅花如熏炉,雪如被子,花熏得雪也香了。 ⑥翠丸:指梅子。

大　酺

春　雨

对宿烟收，春禽静，飞雨时鸣高屋。墙头青玉旆①，洗铅霜都尽，嫩梢相触。润逼琴丝②，寒侵枕障③，虫网吹粘帘竹④。邮亭无人处，听檐声不断，困眠初熟⑤。奈愁极频惊⑥，梦轻难记，自怜幽独⑦。　行人归意速。最先念、流潦妨车毂⑧。怎奈向、兰成憔悴⑨，卫玠清羸⑩，等闲时、易伤心目。未怪平阳客⑪，双泪落、笛中哀曲。况萧索、青芜国⑫，红糁铺地⑬，门外荆桃如菽⑭。夜游共谁秉烛？

①青玉旆：形容新竹好像青玉雕成的一样。　②润逼琴丝：指琴丝受春雨浸润变潮。　③枕障：床枕帏障。　④虫网：蛛网。粘：沾粘。⑤初熟：刚刚睡着。　⑥频惊：频繁地惊醒。　⑦幽独：孤独凄凉。⑧流潦：淫雨不止，使路上积满雨水。妨车毂：使车不能通行。　⑨兰成：庾信的小字。他初仕梁，出使西魏时值梁被灭，淹留长安。以后又仕周，长期羁留北方，不得南归，作《哀江南赋》以抒怀，又曾作《愁赋》。　⑩卫玠：晋人，是当时的名士，长得清秀，有羸疾。人们闻其大名，在他外出时观者如堵，以至于使卫玠

成病而死,年仅二十七岁。人们以为是看杀卫玠。清赢:体弱不堪。
⑪平阳客:指东汉马融。他性好音乐,能鼓琴吹笛,一次在平阳客舍听到洛阳客人吹笛,声音哀怨,触动了他思念京都的伤感情怀,于是写下著名的《长笛赋》。 ⑫青芜国:杂草丛生地区。 ⑬红糁:指落花。糁:米粒。此处形容花瓣。 ⑭荆桃:即樱桃。菝:豆类。此处形容樱桃如豆粒般大小。

解 语 花

上 元①

风销绛蜡②,露浥红莲③,花市光相射。桂华流瓦④,纤云散、耿耿素娥欲下⑤。衣裳淡雅,看楚女纤腰一把⑥。箫鼓喧,人影参差,满路飘香麝。　因念都城放夜⑦,望千门如昼,嬉笑游冶。钿车罗帕⑧,相逢处、自有暗尘随马⑨。年光是也⑩,惟只见、旧情衰谢。清漏移⑪,飞盖归来⑫,从舞休歌罢⑬。

①上元:即元宵节。 ②绛蜡:红烛。"绛"一作"焰"。 ③红莲:指荷花灯。 ④桂华:月光。相传月中有桂树,故用桂代指月。 ⑤素娥:月中仙子。此处代指月。 ⑥楚女纤腰:《韩非子·二柄》:"楚灵王好细

腰，而国中多饿人。"这里指美人。一把：指美人的细腰只有一把粗。 ⑦放夜：开放夜禁。陈元龙《片玉集注》引《新记》："京城街衢有金吾晓暝传呼，以禁夜行。惟正月十五夜，敕许金吾弛禁，前后各一日，谓之放夜。" ⑧钿车：以金为饰的华丽的车子。罗帕：此处指车上的歌妓用香罗手帕和游人相招呼。 ⑨暗尘随马：车马经过的地方，尘土飞扬。此处指（歌妓）车马经过处聚拢了许多游人。 ⑩是也：还是一样。 ⑪清漏移：指夜深。 ⑫飞盖：飞驰的车子。 ⑬从舞休歌罢：就让那歌舞休歇了罢。从：听任。

定 风 波

莫倚能歌敛黛眉①，此歌能有几人知。他日相逢花月底，重理②，好声须记得来时。　苦恨城头传漏水③，无情岂解惜分飞④。休诉金尊推玉臂，从醉，明朝有酒遣谁持。

①倚：依靠，依仗。　②重理：重新梳理，重温。　③传漏水：一作"更漏永"。指报时的更声。　④惜分飞：一作"惜相思"。惜别之意。

蝶　恋　花

早　行

月皎惊乌栖不定①，更漏将阑②，辘轳牵金井③。唤起两眸清炯炯④，泪花落枕红绵冷。　　执手霜风吹鬓影，去意徊徨⑤，别语愁难听。楼上阑干横斗柄⑥，露寒人远鸡相应。

①"月皎"句：月光太亮，使乌鸦常常惊醒。此处暗示人也睡不踏实。　②更漏将阑：夜快完了。　③辘轳：一作"辘轳"，从井中汲水的器具。　④两眸清炯炯：两眼明亮。炯炯：明亮貌。　⑤去意徊徨：心中彷徨无主的样子。　⑥"楼上"句：北斗星位置低落，斜挂在楼头。这是天快亮时的特征。斗柄：指北斗七星中五至七三颗星的排列，形似斗柄。

解　连　环

怨怀无托①，嗟情人断绝②，信音辽邈③。纵妙手、能解连环④，似风散雨收，雾轻云薄。燕子楼空⑤，暗尘锁、一床弦索。想移根换叶，尽是旧时，手种红药⑥。　汀洲渐生杜若⑦。料舟依岸曲⑧，人在天角。漫记得、当日音书，把闲语闲言，待总烧却。水驿春回，望寄我、江南梅萼。拚今生，对花对酒，为伊泪落。

①无托：无所寄托。　②嗟：叹息。　③辽邈：遥远无期。　④连环：古代一种玉饰，镂为双环相连状，取其永相连结不可分解之意。《战国策》载：秦昭王曾赠齐王后玉连环，说："齐多智，而解此环否？"王后以椎击碎玉环，对秦使说："谨以解矣。"　⑤燕子楼:见苏轼《永遇乐》"明月如霜"注①。　⑥红药：红色芍药。　⑦汀洲：水边平地。杜若：一种香草。⑧岸曲：岸边。

拜星月慢

秋　思

夜色催更①，清尘收露，小曲幽坊月暗。竹槛灯窗②，识秋娘庭院③。笑相遇，似觉琼枝玉树相倚④，暖日明霞光烂⑤。水盼兰情⑥，总平生稀见。　画图中、旧识春风面。谁知道、自到瑶台畔⑦。眷恋雨润云温⑧,苦惊风吹散。念荒寒、寄宿无人馆。重门闭,败壁秋虫叹。怎奈向⑨、一缕相思,隔溪山不断。

①更:更鼓。 ②竹槛:竹制的门槛。 ③秋娘:唐代金陵歌妓。此处代指所爱慕的女子。 ④琼枝玉树:形容女子的洁白高贵。 ⑤暖日明霞:形容女子的光彩夺目。光烂:光彩灿烂。 ⑥水盼:形容目光如秋水一样明澈。 ⑦瑶台:仙人的住处。此处指情人住所。 ⑧雨润云温:两情融洽。 ⑨怎奈向:宋代方言,"向"是词尾,含有"向来"之意。

关 河 令

秋阴时晴渐向暝①,变一庭凄冷。伫听寒声,云深无雁影。 更深人去寂静,但照壁、孤灯相映。酒已都醒,如何消夜永②?

①暝:黄昏。 ②消夜永:熬过漫漫长夜。

绮 寮 怨

上马人扶残醉,晓风吹未醒。映水曲①、翠瓦朱檐,垂杨里、乍见津亭②。当时曾题败壁③,蛛丝罩、淡墨苔晕青。念去来④、岁月如流,徘徊久、叹息愁思盈。　　去去倦寻路程⑤,江陵旧事,何曾再问杨琼⑥。旧曲凄清,敛愁黛、与谁听?尊前故人如在,想念我、最关情。何须渭城⑦,歌声未尽处,先泪零。

①水曲:河流弯曲之处。　②津亭:渡口凉亭。　③曾题败壁:曾在残破的墙壁上题诗。　④去来:去后。来:词尾。　⑤去去:一去再去。　⑥杨琼:人名,其事未详。　⑦渭城:唐人王维《渭城曲》,又称"阳关三叠"。其诗曰:"渭城朝雨浥轻尘,客舍青青柳色新。劝君更尽一杯酒,西出阳关无故人。"为送别绝唱。

尉 迟 杯

离 恨

隋堤路,渐日晚、密霭生深树①。阴阴淡月笼沙,还宿河桥深处。无情画舸,都不管、烟波隔前浦。等行人、醉拥重衾,载将离恨归去。　　因思旧客京华,长偎傍疏林,小槛欢聚②。冶叶倡条俱相识③,仍惯见、珠歌翠舞。如今向、渔村水驿,夜如岁、焚香独自语。有何人、念我无聊,梦魂凝想鸳侣④。

①密霭:浓雾。 ②小槛:低矮的栏杆。 ③冶叶倡条:指歌妓。化用李商隐《燕台诗》:"冶叶倡条遍相识。" ④鸳侣:鸳鸯伴侣,指情人。

西　　河

金陵怀古

佳丽地①,南朝盛事谁记②?山围故国绕清江③,髻鬟对起④。怒涛寂寞打孤城,风樯遥度天际⑤。　　断崖树,犹倒倚,莫愁艇子曾系⑥。空余旧迹郁苍苍⑦,雾沉半垒⑧。夜深月过女墙来⑨,伤心东望淮水⑩。　　酒旗戏鼓甚处市?想依稀、王谢邻里⑪。燕子不知何世⑫,向寻常、巷陌人家⑬,相对如说兴亡,斜阳里。

①佳丽地:指金陵(今南京市)。 ②南朝:指偏安东南的吴、东晋、宋、齐、梁、陈等朝。 ③故国:即金陵,它是南朝故都。 ④髻鬟:形容金

陵周围的青山像女人的髻鬟。 ⑤风樯：张着风帆的船。樯：桅杆，代指船。 ⑥莫愁艇子：古乐府《莫愁乐》："莫愁在何处？莫愁石城西。艇子打两桨，催送莫愁来。"今南京水西门外有莫愁湖。 ⑦郁苍苍：形容树木茂密，一片青翠。 ⑧雾沉半垒：旧时的营垒被雾气遮住了大半。 ⑨女墙：城上的小墙。 ⑩淮水：即秦淮河，横贯金陵城。 ⑪王谢：东晋时的豪门大族王家和谢家。其宅第都在金陵城中乌衣巷。 ⑫"燕子"句：唐刘禹锡《乌衣巷》诗："旧时王谢堂前燕，飞入寻常百姓家。" ⑬巷陌人家：普通百姓家。

瑞　鹤　仙

悄郊原带郭①，行路永，客去车尘漠漠。斜阳映山落，敛余红②、犹恋孤城阑角③。凌波步弱④，过短亭、何用素约⑤。有流莺劝我，重解绣鞍，缓引春酌。

不记归时早暮，上马谁扶，醒眠朱阁。惊飙动幕⑥，扶残醉，绕红药。叹西园、已是花深无地，东风何事又恶？任流光过却，犹喜洞天自乐⑦。

①郊原：郊外原野。郭：外城。 ②余红：指落日斜晖。 ③阑角：栏杆拐角处。 ④凌波：形容歌女步态轻盈。曹植《洛神赋》："凌波微步，

罗袜生尘。"　⑤素约:事先约好。　⑥惊飙(biāo):狂风。　⑦洞天:道家指神仙居住处。

浪淘沙慢

晓阴重,霜凋岸草,雾隐城堞①。南陌脂车待发②,东门帐饮乍阕③。正拂面垂杨堪揽结,掩红泪、玉手亲折。念汉浦、离鸿去何许④?经时信音绝。　情切。望中地远天阔,向露冷风清无人处,耿耿寒漏咽。嗟万事难忘,唯是轻别。翠尊未竭,凭断云、留取西楼残月。　罗带光销纹衾叠⑤,连环解⑥、旧香顿歇。怨歌永、琼壶敲尽缺⑦。恨春去、不与人期⑧,弄夜色,空余满地梨花雪。

①城堞:城墙上齿形的矮墙。　②脂车:车轴涂上油脂,以示准备远行。　③帐饮:临别时的宴饮。乍阕:刚刚结束。　④汉浦离鸿:指从前离去的人。　⑤罗带光销:丝织的衣带失去了光泽。　⑥连环解:比喻本来连为一体的人被分开了。　⑦琼壶敲尽缺:《世说新语》载:晋人王敦常于酒后歌咏曹操诗歌"老骥伏枥,志在千里。烈士暮年,壮心不已"。边歌边用如意敲击唾壶,壶口尽缺。　⑧期:约定。

应 天 长

寒 食

条风布暖①,霏雾弄晴,池台遍满春色。正是夜堂无月,沉沉暗寒食。梁间燕,前社客②,似笑我、闭门愁寂。乱花过、隔院芸香③,满地狼藉④。

长记那回时,邂逅相逢⑤,郊外驻油壁⑥。又见汉宫传烛⑦,飞烟五侯宅。青青草,迷路陌。强载酒、细寻前迹。市桥远,柳下人家,犹自相识。

①条风:即调风,指春风。 ②前社客:指燕子,春社日已飞回北方。 ③芸:一种香草。 ④狼藉:指落花纷乱。 ⑤邂逅:不期而遇。 ⑥油壁:车壁用油涂饰过的车叫油壁车。 ⑦汉宫传烛:唐人韩翃《寒食》诗:"日暮汉宫传蜡烛,轻烟散入五侯家。"寒食禁火,由皇帝向百官赐新火。五侯是汉桓帝时受宠封侯的五个人。

夜　游　宫

叶下斜阳照水,卷轻浪、沉沉千里。桥上酸风射眸子[①]。立多时,看黄昏,灯火市。　　古屋寒窗底,听几片、井桐飞坠[②]。不恋单衾再三起[③]。有谁知,为萧娘[④],书一纸[⑤]。

[①]"桥上"句:借用唐人李贺诗:"东关酸风射眸子。"酸风:冷风。眸子:眼珠。　[②]井桐:井边的梧桐树。　[③]单衾:单薄的衾被。　[④]萧娘:唐人惯将所钟爱的女子称为萧娘。杨巨源诗:"风流才子多春思,肠断萧娘一纸书。"　[⑤]书一纸:指萧娘寄来的一纸书信。

贺 铸

贺铸（1052—1125），字方回，卫州（今河南汲县）人。娶宋宗室女，授右班殿直。元祐年间，由苏轼等人举荐而改文职，为承事郎。历任泗州、太平州通判。以承议郎致仕，退居吴中，筑室横塘，自号庆湖遗老。卒于常州僧舍。有《东山词》一卷。

更 漏 子

上东门，门外柳，赠别每烦纤手①。一叶落，几番秋，江南独倚楼。　曲阑干，凝伫久，薄暮更堪搔首②。无际恨，见闲愁，侵寻天尽头。

①纤手：指美人纤细柔美的手。　②搔首：挠头。人在心急情切时的动作。

青 玉 案①

凌波不过横塘路②，但目送、芳尘去③。锦瑟华年谁与度④？月桥花院⑤，琐窗朱户⑥，只有春知处。

飞云冉冉蘅皋暮⑦,彩笔新题断肠句⑧。若问闲情都几许⑨?一川烟草,满城风絮,梅子黄时雨⑩。

①青玉案:又名"横塘路",以词中有"凌波不过横塘路"得名。 ②凌波:形容女子步履轻盈。语出曹植《洛神赋》:"凌波微步,罗袜生尘。"横塘:苏州地名。 ③芳尘:美人踏起的尘土,借指美人身影。 ④锦瑟华年:青春年华。李商隐《无题》诗:"锦瑟无端五十弦,一弦一柱思华年。"谁与度:即与谁共度。 ⑤月桥花院:月映小桥,花开满院。 ⑥琐窗:雕花的窗。 ⑦冉冉:流动的样子。蘅皋:长满香草的水边高地。蘅:杜蘅,一种香草。 ⑧彩笔:《南史·江淹传》:"梦一丈夫自称郭璞,谓淹曰'吾有笔在卿处多年,可以见还。'淹乃探怀中得五色笔一以授之。尔后为诗,绝无美句。" ⑨闲情:风情。几许:多少。 ⑩梅子黄时雨:旧历四、五月间江南多雨,正值梅子成熟时,俗称梅雨。

感 皇 恩①

兰芷满汀洲②,游丝横路。罗袜尘生步③,迎顾。整鬟颦黛④,脉脉两情难语。细风吹柳絮,人南渡。

回首旧游,山无重数。花底深朱户,何处?半黄梅子,向晚一帘疏雨。断魂分付与,春将去⑤。

①感皇恩：又名"人南渡"。　②兰芷：泛指香草。　③罗袜：见贺铸《青玉案》"凌波不过横塘路"注②。　④颦黛：微微皱眉。　⑤将：带，携。

薄　幸

淡妆多态，更的的①、频回眄睐②。便认得琴心先许③，欲绾合欢双带④。记画堂、风月逢迎，轻颦浅笑娇无奈。向睡鸭炉边⑤，翔鸳屏里⑥，羞把香罗暗解。　自过了烧灯后⑦，都不见、踏青挑菜⑧。几回凭双燕，丁宁深意⑨，往来却恨重帘碍。约何时再，正春浓酒困，人闲昼永无聊赖⑩。厌厌睡起，犹有花梢日在。

①的的：明媚的样子。　②眄（miǎn）睐：斜视。　③琴心：见晏殊《木兰花》"燕鸿过后莺归去"注②。　④绾：结，系。　⑤睡鸭炉：形如睡鸭的熏炉。　⑥翔鸳屏：绘有飞翔的鸳鸯的屏风。　⑦烧灯：元宵放灯。　⑧踏青挑菜：古代以旧历二月二日为挑菜节，女子可外出。　⑨丁宁：嘱托。　⑩无聊赖：百无聊赖，无所寄托。

浣 溪 沙

不信芳春厌老人，老人几度送余春。惜春行乐莫辞频①。　巧笑艳歌皆我意，恼花颠酒拚君瞋②。物情惟有醉中真。

①辞频：一再推辞。　②瞋：恼怒。

浣 溪 沙

楼角初消一缕霞，淡黄杨柳暗栖鸦。玉人和月摘梅花①。　笑捻粉香归洞户②，更垂帘幕护窗纱。东风寒似夜来些③。

①和月：带着月光。指在月光下。　②洞户：互相通达的门户，指幽深的宅第。　③些：语尾词。湘湖一带用于禁咒句末。

石 州 慢①

薄雨收寒,斜照弄晴,春意空阔。长亭柳色才黄,倚马何人先折?烟横水漫,映带几点归鸿,平沙消尽龙沙雪②。犹记出关来,恰如今时节。　　将发。画楼芳酒,红泪清歌③,顿成轻别。回首经年,杳杳音尘都绝。欲知方寸④,共有几许新愁?芭蕉不展丁香结⑤。憔悴一天涯,两厌厌风月⑥。

①石州慢:一作"石州引",又名"柳色黄",以词中有"柳色才黄"句得名。　②龙沙:一作"龙荒",塞外的通称。　③红泪:血泪。　④方寸:指心。　⑤"芭蕉"句:形容人愁心不解。李商隐《代赠》诗:"芭蕉不展丁香结,同向春风各自愁。"　⑥厌厌:压抑不畅的样子。

蝶 恋 花

几许伤春春复暮,杨柳清阴,偏碍游丝度。天际小山桃叶步,白蘋花满湔裙处①。　　竟日微吟长短句②,帘影灯昏,心寄胡琴语。数点雨声风约住,朦胧淡月云来去。

①蘋:生在浅水中的一种植物,开白花。湔(jiān):洗。　②长短句:指词。

天　门　谣

登采石蛾眉亭①

牛渚天门险②,限南北、七雄豪占③。清雾敛,与闲人登览。　待月上潮,平波滟滟,塞管轻吹新阿滥④。风满槛,历历数、西州更点⑤。

①采石蛾眉亭:《舆地纪胜》:"采石山北临江有矶,曰采石,曰牛渚,上有蛾眉亭。"《安徽通志》:"蛾眉亭在当涂县北二十里,据牛渚绝壁,前直二梁山,夹江对峙如蛾眉然,故名。"　②牛渚:即牛渚矶,在长江南岸,绝壁嵌空,突出江中。　③七雄:泛指偏安江南的小朝廷。豪占:雄踞。　④阿滥:即阿滥堆,笛曲名。骊山有鸟名叫阿滥堆,唐玄宗以其声翻为笛曲,人竞效吹。见《中朝故事》。　⑤西州:东晋、刘宋时扬州刺史治所,因在金陵台城之西,故名。更点:报时的钟鼓声。

天 香①

烟络横林,山沉远照,迤逦黄昏钟鼓②。烛映帘栊,蛩催机杼③,共苦清秋风露。不眠思妇,齐应和、几声砧杵④。惊动天涯倦宦,骎骎岁华行暮⑤。当年酒狂自负,谓东君⑥、以春相付。流浪征骖北道⑦,客樯南浦,幽恨无人晤语。赖明月、曾知旧游处,好伴云来,还将梦去。

①天香:又名"伴云来"。 ②迤逦:延绵不断。 ③蛩催机杼:蟋蟀叫声如曰"织,织",好似在催人织布,故曰"催机杼"。蛩(qióng):蟋蟀。 ④砧杵:指捣衣声。 ⑤骎骎:马奔驰的样子。此处形容岁月流逝之快。 ⑥东君:司春之神。 ⑦征骖:行人所乘的马。

望 湘 人

厌莺声到枕,花气动帘,醉魂愁梦相半。被惜余薰,带惊剩眼①,几许伤春春晚。泪竹痕鲜②,佩兰香老,湘天浓暖。记小江风月佳时,屡约非烟游伴③。

须信鸾弦易断④,奈云和再鼓⑤,曲中人远。认罗袜无踪,旧处弄波清浅。青翰棹舣⑥,白蘋洲畔,尽目临皋飞观⑦。不解寄、一字相思,幸有归来双燕。

①带惊剩眼:《南史·沈约传》载:沈约言己已老病,有"百日数旬,革带常应移孔"之语。意谓人变瘦了,腰带上的孔眼需要经常移动。 ②泪竹:《博物志》载:尧有二女,为舜妃。舜死后,二女泪洒于竹,成为斑竹。 ③非烟:唐人武公业妾,事见皇甫枚《飞烟传》。此处指自己的情人。 ④鸾弦:《汉武外传》载:"西海献鸾胶,武帝弦断,以胶续之,弦两头遂相著。"后称男子续娶为续弦。这里以鸾弦指情事。 ⑤云和:古时琴瑟等乐器的代称,一说为乐器名。 ⑥青翰:船。刻鸟于船上,再涂以青色,故名。舣:使船靠岸。 ⑦皋:水边高地。

绿 头 鸭

玉人家，画楼珠箔临津①。托微风、彩箫流怨，断肠马上曾闻。宴堂开、艳妆丛里，调琴思、认歌颦。麝蜡烟浓，玉莲漏短，更衣不待酒初醺②。绣屏掩、枕鸳相就，香气渐暾暾③。回廊影、疏钟淡月，几许消魂？　翠钗分、银笺封泪，舞鞋从此生尘。任兰舟、载将离恨，转南浦、背西曛④。记取明年，蔷薇谢后，佳期应未误行云。凤城远⑤、楚梅香嫩，先寄一枝春⑥。青门外，只凭芳草，寻访郎君。

①珠箔：珠帘。津：渡口。　②醺（xūn）：酒醉。　③暾暾：香气浓郁。　④曛：日落时的余光。　⑤凤城：指京城。　⑥寄一枝春：见秦观《踏莎行》"雾失楼台"注⑥。

张元干

张元干(1091—1161),字仲宗,号芦川居士,长乐(今福建长乐)人。曾任李纲行营属官,仕至将作少监。宋高宗绍兴年间,因赠词胡铨而得罪除名。晚年多居福州。有《芦川词》一卷。

石 州 慢

寒水依痕,春意渐回,沙际烟阔。溪梅晴照生香,冷蕊数枝争发。天涯旧恨,试看几许消魂。长亭门外山重叠。不尽眼中青①,是愁来时节。　　情切。画楼深闭,想见东风,暗消肌雪②。辜负枕前云雨③,尊前花月。心期切处,更有多少凄凉,殷勤留与归时说。到得再相逢,恰经年离别。

①不尽:无尽。眼中青:所看到的绿色。　②肌雪:肌肤雪白。③云雨:指男女欢爱。

兰　陵　王

卷珠箔，朝雨轻阴乍阁①。阑干外、烟柳弄晴，芳草侵阶映红药②。东风妒花恶，吹落梢头嫩萼。屏山掩③、沉水倦熏④，中酒心情怯杯勺⑤。　　寻思旧京洛⑥，正年少疏狂，歌笑迷著。障泥油壁催梳掠⑦，曾驰道同载，上林携手⑧，灯夜初过早共约⑨，又争信飘泊⑩。　　寂寞，念行乐。甚粉淡衣襟，音断弦索，琼枝璧月春如昨⑪。怅别后华表⑫，那回双鹤。相思除是，向醉里、暂忘却。

①乍阁：初停。　②红药：红芍药花。　③屏山：屏风。　④沉水：香料。　⑤中酒：饮酒成病。杯勺：酒杯。　⑥旧京洛：指未沦陷时的东京汴梁和西京洛阳。　⑦障泥：马腹上护泥的布垫。此处代指马。油壁：油壁车。泛指车。梳掠：梳洗。　⑧上林：秦汉时皇帝的花园，在长安西，周遭数百里。　⑨灯夜：正月十五元宵灯节。　⑩争信：怎能相信。　⑪琼枝璧月：花好如玉，月圆如璧。　⑫华表：见王安石《千秋岁引》"别馆寒砧"注⑥。华表是设在桥梁、宫殿、城垣或陵墓前作为标志和装饰用的石柱。

叶梦得

叶梦得（1077—1148），字少蕴，号石林居士，吴县（今江苏苏州）人。绍圣四年（1097）进士。南渡后出任江东安抚制置使，兼知建康府。晚年退居吴兴卞山。有《石林词》一卷。

贺 新 郎

睡起流莺语。掩苍苔、房栊向晚①，乱红无数。吹尽残花无人见，惟有垂杨自舞。渐暖霭②、初回轻暑。宝扇重寻明月影③，暗尘侵、上有乘鸾女④。惊旧恨，遽如许⑤。　　江南梦断横江渚。浪粘天、葡萄涨绿⑥，半空烟雨。无限楼前沧波意，谁采蘋花寄取⑦？但怅望、兰舟容与⑧。万里云帆何时到？送孤鸿、目断千山阻。谁为我，唱金缕⑨？

①房栊：指窗棂。　②暖霭：暖和天气。　③明月影：指团扇。班婕妤《怨歌行》："裁为合欢扇，团团似明月。"　④乘鸾女：指扇上所画的图案。《龙城录》载："九月望日，明皇游月宫，见素娥千余人，皆皓衣乘白鸾。"

⑤遽如许：如此匆促。　⑥葡萄涨绿：绿水新涨，像葡萄酒初酿的颜色。李白《襄阳歌》："遥看汉水鸭头绿，恰似葡萄初泼醅。"　⑦蘋花：一种水草的花，白色，春夏间开。　⑧容与：舒缓的样子。　⑨金缕：曲名。

虞美人

雨后同干誉、才卿置酒来禽花下作①

落花已作风前舞，又送黄昏雨。晓来庭院半残红，惟有游丝千丈袅晴空②。　殷勤花下同携手，更尽杯中酒。美人不用敛蛾眉，我亦多情无奈酒阑时③。

①来禽：即林檎，北方又称沙果，南方称花红。　②游丝：飘动着的蛛丝。　③阑：将完了，结束。

汪　藻

汪藻（1079—1154），字彦章，德兴（今江西德兴）人。崇宁二年（1103）进士，累官翰林学士，出知外郡，后夺职，居永州，卒。有《浮溪词》一卷。

点　绛　唇

新月娟娟①，夜寒江静山衔斗②。起来搔首，梅影横窗瘦。　　好个霜天，闲却传杯手③。君知否？乱鸦啼后，归兴浓于酒。

①娟娟：美好。　②山衔斗：北斗星隐现于山际。　③传杯手：持酒杯的手。

刘一止

刘一止（1078—1161），字行简，湖州归安（今属浙江）人。宣和三年（1121）进士，官历秘书省校书郎、监察御史等。有《苕溪词》一卷。

喜迁莺

晓 行

晓光催角，听宿鸟未惊，邻鸡先觉。迤逦烟村①，马嘶人起，残月尚穿林薄②。泪痕带霜微凝，酒力冲寒犹弱。叹倦客，悄不禁重染，风尘京洛。　　追念人别后，心事万重，难觅孤鸿托。翠幌娇深，曲屏香暖，争念岁寒飘泊③。怨月恨花烦恼，不是不曾经著。这情味、望一成消减，新来还恶④。

①迤逦：曲折连绵。　②林薄：林梢。　③争念：怎会想到。　④恶：更甚。

韩 疁

韩疁(liú),字子耕,号萧闲。生平不详。有《萧闲词》一卷,不传。近人赵万里有辑本。

高 阳 台

除 夜

频听银签①,重燃绛蜡②,年华衮衮惊心③。饯旧迎新④,能消几刻光阴?老来可惯通宵饮,待不眠、还怕寒侵。掩清尊、多谢梅花,伴我微吟。　　邻娃已试春妆了⑤,更蜂腰簇翠⑥,燕股横金。勾引东风,也知芳思难禁。朱颜那有年年好,逞艳游、赢取如今。恣登临、残雪楼台,迟日园林。

①银签:指更漏,计时的器具。　②绛蜡:红烛。　③衮衮:匆匆促促。　④饯:送别。　⑤邻娃:邻家的女孩。　⑥蜂腰:与下句的"燕股"都是用彩纸或布剪出来装饰鬓发之物。

李 邴

李邴（1085—1146），字汉老，济州任城（今山东济宁）人。崇宁五年（1106）进士，累官翰林学士。绍兴初年拜参知政事、资政殿学士。后闲居泉州，卒谥文敏。

汉 宫 春

潇洒江梅，向竹梢疏处，横两三枝。东君也不爱惜①，雪压霜欺。无情燕子，怕春寒、轻失花期。却是有、年年塞雁，归来曾见开时。　　清浅小溪如练，问玉堂何似②，茅舍疏篱。伤心故人去后，冷落新诗。微云淡月，对江天、分付他谁。空自忆、清香未减，风流不在人知。

①东君：司春之神。　②玉堂：指豪贵人家的宅第。

陈与义

陈与义（1090—1138），字去非，号简斋，洛阳人。宋徽宗时进士。宋室南渡后，官至参知政事。有《无住词》一卷。

临 江 仙

高咏楚词酬午日①，天涯节序匆匆。榴花不似舞裙红，无人知此意，歌罢满帘风。　　万事一身伤老矣，戎葵凝笑墙东②。酒杯深浅去年同，试浇桥下水，今夕到湘中③。

①楚词：即楚辞，屈原、宋玉等人的旧作。　②戎葵：即蜀葵，花似木槿。　③湘中：今湖南一带。

临 江 仙

夜登小阁，忆洛中旧游①

忆昔午桥桥上饮②，坐中多是豪英③。长沟流月去无声。杏花疏影里，吹笛到天明。　　二十余年如一梦，此身虽在堪惊。闲登小阁看新晴④。古今多少事，渔唱起三更⑤。

①洛中：即洛阳。　②午桥：在洛阳。《大清一统志·河南府》："午桥庄在洛阳县南十里。"　③豪英：杰出的人物。　④新晴：雨后初晴。　⑤渔唱：渔人唱歌。三更：午夜。

蔡 伸

蔡伸(1088—1156),字申道,自号友古居士,莆田(今福建莆田)人。政和五年(1115)进士,曾为太学博士。历任徐州、饶州、真州等地通判。有《友古词》一卷。

苏 武 慢

雁落平沙,烟笼寒水,古垒鸣笳声断。青山隐隐,败叶萧萧,天际暝鸦零乱。楼上黄昏,片帆千里归程,年华将晚。望碧云空暮①,佳人何处,梦魂俱远。

忆旧游、邃馆朱扉②,小园香径,尚想桃花人面③。书盈锦轴,恨满金徽④,难写寸心幽怨。两地离愁,一尊芳酒⑤,凄凉危阑倚遍。尽迟留、凭仗西风,吹干泪眼。

---

①碧云空暮:古诗有句:"日暮碧云合,佳人殊未来。" ②邃馆:深馆。扉:门。 ③桃花人面:唐崔护《题都城南庄》诗:"人面桃花相映红。" ④徽:系琴弦的绳子。 ⑤芳酒:美酒。

柳 梢 青

数声鶗鴂①,可怜又是、春归时节。满院东风,海棠铺绣,梨花飘雪。 丁香露泣残枝,算未比、愁肠寸结。自是休文②,多情多感,不干风月③。

①鶗鴂:杜鹃。 ②休文:南朝梁人沈约字休文,曾仕宋及齐,因不受重用而郁郁成病,消瘦异常。 ③不干:不关,没关系。

周紫芝

周紫芝（1082—1155），字少隐，号竹坡居士，宣城（今安徽宣城）人。绍兴十二年（1142）进士，历任枢密院编修官、知兴国军。有《竹坡词》一卷。

鹧鸪天

一点残红欲尽时，乍凉秋气满屏帏。梧桐叶上三更雨，叶叶声声是别离。　　调宝瑟，拨金猊①，那时同唱鹧鸪词。如今风雨西楼夜，不听清歌也泪垂。

①金猊：指兽形香炉。

踏 莎 行

情似游丝①，人如飞絮，泪珠阁定空相觑②。一溪烟柳万丝垂，无因系得兰舟住。　雁过斜阳，草迷烟渚，如今已是愁无数。明朝且做莫思量，如何过得今宵去！

①游丝：飘动的蛛丝。　②阁定：静止不动。

李 甲

李甲,字景元,华亭(今上海松江)人。

帝 台 春

芳草碧色,萋萋遍南陌。暖絮乱红,也似知人,春愁无力。忆得盈盈拾翠侣①,共携赏、凤城寒食②。到今来,海角逢春,天涯为客。　　愁旋释,还似织;泪暗拭,又偷滴。漫伫立、遍倚危阑,尽黄昏,也只是暮云凝碧。拚则而今已拚了,忘则怎生便忘得。又还问鳞鸿③,试重寻消息。

①拾翠:拾取翠鸟羽毛以为首饰。拾翠侣:指春日在一起嬉游的女伴。　②凤城:指京城。　③鳞鸿:即鱼雁,古有鱼雁能为人传书的传说。

李重元

李重元,字号、生平均不详,约是宋徽宗时人。《全宋词》存其词四首。

忆 王 孙

春 词

萋萋芳草忆王孙①,柳外楼高空断魂。杜宇声声不忍闻②。欲黄昏,雨打梨花深闭门。

①萋萋:草茂盛的样子。忆王孙:《楚辞·招隐士》:"王孙游兮不归,春草生兮萋萋。" ②杜宇:即子规鸟,其叫声如曰"不如归去"。

万俟咏

万俟咏，字雅言，自号词隐。崇宁中，为大晟府制撰。建炎年间为通直郎。有《大声集》，不传，近人赵万里辑得其词二十七首。

三　　台

清明应制①

见梨花初带夜月，海棠半含朝雨。内苑春②、不禁过青门，御沟涨、潜通南浦。东风静，细柳垂金缕，望凤阙非烟非雾③。好时代、朝野多欢，遍九陌④、太平箫鼓。　　乍莺儿百啭断续，燕子飞来飞去。近绿水、台榭映秋千，斗草聚⑤、双双游女。饧香更⑥、酒冷踏青路，会暗识、夭桃朱户。向晚骤、宝马雕鞍，醉襟惹、乱花飞絮。　　正轻寒轻暖漏永，半阴半晴云暮。禁火天、已是试新妆，岁华到、三分佳处。清明看、汉宫传蜡炬⑦，散翠烟、飞入槐府⑧。敛兵闲阊门开⑨,住传宣、又还休务⑩。

①应制:应皇帝之命而作,多为歌功颂德之作。 ②内苑:皇宫内苑。 ③凤阙:汉代宫殿名,后泛指宫殿。 ④九陌:都城中的大路。 ⑤斗草:古代一种游戏,女孩子常玩。 ⑥饧(táng):即糖。 ⑦汉宫传蜡炬:见周邦彦《兰陵王》"柳阴直"注⑦。 ⑧槐府:门前植有槐树的贵人府第。 ⑨阊阖:皇宫的正门。 ⑩休务:宋人俗语,指办公休止,官员放假。

徐 伸

徐伸,字干臣,三衢(今属浙江)人。政和初年,以知音律为太常典乐,出知常州。有《青山乐府》,不传。《全宋词》存其词一首。

二 郎 神

闷来弹雀,又搅破、一帘花影。漫试著春衫,还思纤手,薰彻金炉烬冷。动是愁多如何向,但怪得、新来多病。想旧日沈腰①,而今潘鬓②,不堪临镜?

重省。别来泪滴,罗衣犹凝。料为我厌厌③,日高慵起,长托春酲未醒④。雁翼不来⑤,马蹄轻骀,门闭一庭芳景。空伫立,尽日阑干倚遍,昼长人静。

①沈腰:《南史·沈约传》载:沈约致书徐勉曰:"老病百日数旬,革带常应移孔。"沈腰即日益变瘦的腰。 ②潘鬓:晋人潘岳《秋兴赋序》:"余春秋三十有二,始见二毛。"后以潘鬓为中年鬓发初白的代名词。 ③厌厌:精神不振的样子。 ④酲(chéng):因醉酒而神志不清。 ⑤雁翼:代指送信者。

田 为

田为,字不伐。政和末年,充大晟府典乐。宣和元年(1119),为大晟乐令。

江神子慢

玉台挂秋月,铅素浅、梅花傅香雪。冰姿洁,金莲衬①、小小凌波罗袜。雨初歇。楼外孤鸿声渐远,远山外、行人音信绝。此恨对语犹难②,那堪更寄书说。

教人红消翠减③,觉衣宽金缕,都为轻别。太情切。消魂处、画角黄昏时节,声呜咽。落尽庭花春去也,银蟾迥④,无情圆又缺。恨伊不似余香⑤,惹鸳鸯结。

①金莲:指女子纤细小巧的脚。 ②对语:当面诉说。 ③红消翠减:指肌肤消瘦,容颜憔悴。 ④银蟾:指明月。迥:遥远。 ⑤伊:她。指意中人。余香:沾在鸳鸯结上的香粉。

曹　组

曹组,字元宠,颍昌阳翟(今河南许昌)人。宣和三年(1121)进士,召试中书,换武阶,兼阁门宣赞舍人,仍给事殿中,官止副使。有《箕颍词》。

蓦　山　溪

梅

洗妆真态①,不作铅华御。竹外一枝斜,想佳人天寒日暮。黄昏院落,无处著清香,风细细,雪垂垂,何况江头路。　　月边疏影,梦到消魂处。结子欲黄时②,又须作廉纤细雨③。孤芳一世,供断有情愁,消瘦损,东阳也④,试问花知否?

①洗妆真态:洗净铅华妆饰,露出真实姿容。　②结子欲黄:指梅子将熟。　③廉纤细雨:即黄梅雨。廉纤:细微,纤细。　④东阳:南朝梁人沈约曾为东阳太守。

李 玉

李玉,生平不详。《全宋词》存其词一首。

贺 新 郎

篆缕消金鼎①,醉沉沉、庭阴转午,画堂人静。芳草王孙知何处②?惟有杨花糁径③。渐玉枕、腾腾春醒,帘外残红春已透,镇无聊、殢酒厌厌病④。云鬓乱,未忺整⑤。　　江南旧事休重省⑥,遍天涯、寻消问息,断鸿难倩⑦。月满西楼凭栏久,依旧归期未定。又只恐、瓶沉金井⑧,嘶骑不来银烛暗⑨,枉教人、立尽梧桐影。谁伴我,对鸾镜?

①篆缕消金鼎:香烟上升如线,又像篆字。金鼎:指香炉。　②王孙:代指游子。　③糁(sǎn):飘散。　④殢(tì)酒:病酒,困酒。⑤忺(xiān):适意,高兴。　⑥省(xǐng):记起。　⑦倩:请。　⑧瓶沉金井:白居易《井底引银瓶》诗:"瓶沉簪折知奈何,似妾今朝与君别。"此处比喻永久别离。　⑨嘶骑(jì):嘶鸣的马。

廖世美

廖世美,北宋末期人,生平不详。

烛影摇红

题安陆浮云楼①

霭霭春空②,画楼森耸凌云渚。紫薇登览最关情③,绝妙夸能赋。惆怅相思迟暮,记当日、朱阑共语。塞鸿难问,岸柳何穷,别愁纷絮④。　　催促年光,旧来流水知何处?断肠何必更残阳,极目伤平楚⑤。晚霁波声带雨,悄无人、舟横野渡。数峰江上,芳草天涯,参差烟树。

①安陆:郡名,治所在今湖北安陆市。　②霭霭:云气密集。　③紫薇:原是星名,在北斗星东北。唐宋以后中书舍人亦称紫薇。唐人杜牧曾为中书舍人,亦称杜紫薇,作有《题安州浮云寺楼寄湖州张郎中诗》。　④纷絮:纷乱如絮。　⑤平楚:平旷的楚中大地。

吕渭老

吕渭老,一作吕滨老,字圣求,嘉兴(今浙江嘉兴)人。宣和末进士,南渡初犹在世。有《圣求词》一卷。

薄 幸

青楼春晚,昼寂寂梳匀又懒。乍听得、鸦啼莺弄,惹起新愁无限。记年时、偷掷春心,花前隔雾遥相见。便角枕题诗①,宝钗贳酒②,共醉青苔深院。 怎忘得回廊下,携手处花明月满。如今但暮雨,蜂愁蝶恨,小窗闲对芭蕉展。却谁拘管?尽无言闲品秦筝,泪满参差雁③。腰肢渐小,心与杨花共远。

①角枕:饰有兽角的枕头。 ②贳(shì):赊。 ③参差雁:指筝柱上排列成雁形的徽带。

查 荎

查荎,生平不详。有词一首。

透 碧 霄

舣兰舟①,十分端是载离愁。练波送远,屏山遮断,此去难留。相从争奈,心期久要,屡更霜秋。叹人生、杳似萍浮②,又翻成轻别,都将深恨,付与东流。

想斜阳影里,寒烟明处,双桨去悠悠。爱渚梅、幽香动,须采掇、倩纤柔。艳歌粲发,谁传余韵,来说仙游。念故人留此遐洲。但春风老后,秋月圆时,独倚西楼。

①舣(yǐ):使船靠岸。兰舟:船的美称。 ②杳:深远。此指难以把握。

鲁逸仲

鲁逸仲,字方平。生平不详。

南　　浦

风悲画角,听单于三弄落谯门①。投宿骎骎征骑②,飞雪满孤村。酒市渐阑灯火③,正敲窗、乱叶舞纷纷。送数声惊雁,乍离烟水,嘹唳度寒云④。　　好在半胧淡月,到如今、无处不消魂。故国梅花归梦,愁损绿罗裙⑤。为问暗香闲艳,也相思万点付啼痕。算翠屏应是,两眉余恨倚黄昏。

①单于:唐代乐曲名,又称小单于。三弄:音乐一曲称一弄。　②骎骎(qīn):马行迅疾的样子。　③阑:将尽,衰落。　④嘹唳:响亮凄清的雁叫声。　⑤绿罗裙:代指穿绿罗裙的女子。

岳 飞

岳飞（1103—1141），字鹏举，相州汤阴（今河南汤阴）人。出身农家，北宋末年以"敢战士"应募入伍。抗击金兵，屡建大功。官检校少保、枢密副使等。因反对和议，力主北伐，而被秦桧陷害惨死。宋孝宗时追封为鄂王。

满 江 红

怒发冲冠①，凭栏处、潇潇雨歇。抬望眼、仰天长啸②，壮怀激烈。三十功名尘与土③，八千里路云和月④。莫等闲⑤、白了少年头，空悲切。　靖康耻⑥，犹未雪；臣子恨，何时灭！驾长车，踏破贺兰山缺⑦。壮志饥餐胡虏肉⑧，笑谈渴饮匈奴血。待从头、收拾旧山河，朝天阙⑨。

①怒发冲冠：愤怒至极，竖起的头发把帽子都顶掉了。　②长啸：撮口发出清而长的声音，是古人的一种抒情之举。　③"三十"句：是说自己半生的功业声名都像尘土一样微不足道。　④"八千"句：写自己转战

千里、披星戴月的战争生活。　⑤等闲：随便，轻易。　⑥靖康耻：指宋钦宗靖康二年（1127），金兵攻陷汴京，掳走徽宗、钦宗的奇耻大辱。⑦贺兰山：又名阿拉善山，在今宁夏境内。此处借指敌境。　⑧胡虏：对入侵之敌的蔑称。　⑨朝天阙：朝见皇帝。天阙：皇帝住的地方。

张　抡

张抡,字材甫,号莲社居士,南渡故老。淳熙五年(1178)为宁武军承宣使。有《莲社词》一卷。

烛影摇红

上元有怀

双阙中天①,凤楼十二春寒浅②。去年元夜奉宸游③,曾侍瑶池宴④。玉殿珠帘尽卷,拥群仙、蓬壶阆苑⑤。五云深处⑥,万烛光中,揭天丝管⑦。　　驰隙流年⑧,恍如一瞬星霜换。今宵谁念泣孤臣,回首长安远。可是尘缘未断。漫惆怅,华胥梦短⑨。满怀幽恨,数点寒灯,几声归雁。

①双阙:天子宫门有双阙。　②凤楼:指皇宫内的楼观。鲍照《代陈思王京洛篇》:"凤楼十二重,四户八绮窗。"　③宸游:帝王的巡游。④瑶池:仙境。　⑤蓬壶:即蓬莱,古代传说中的海上三仙山之一。阆苑:

神仙居住的地方。　⑥五云：五色云，祥瑞的征兆。　⑦揭天：响声震天。　⑧驰隙：犹言白驹过隙，比喻时光短暂。　⑨华胥：《列子》"黄帝昼寝，梦游华胥之国"。代指梦境。

程 垓

程垓,字正伯,眉山(今四川眉山县)人,生平不详。有《书舟词》。

水 龙 吟

夜来风雨匆匆,故园定是花无几。愁多怨极,等闲孤负①,一年芳意。柳困桃慵,杏青梅小,对人容易。算好春长在,好花长见,原只是、人憔悴。　　回首池南旧事,恨星星②、不堪重记。如今但有,看花老眼,伤时清泪。不怕逢花瘦,只愁怕、老来风味。待繁红乱处,留云借月,也须拚醉。

①孤负:即辜负。　②星星:星星点点。

张孝祥

张孝祥（1132—1169），字安国，号于湖居士，历阳乌江（今安徽和县）人。绍兴二十四年（1154）状元及第，累官中书舍人、领建康留守及广南西路、荆南湖北路安抚使。有《于湖词》二卷。

六州歌头

长淮望断①，关塞莽然平②。征尘暗，霜风劲，悄边声③。黯销凝④。追想当年事⑤，殆天数⑥，非人力，洙泗上⑦，弦歌地，亦膻腥⑧。隔水毡乡⑨，落日牛羊下，区脱纵横⑩。看名王宵猎⑪，骑火一川明。笳鼓悲鸣，遣人惊。　念腰间箭，匣中剑，空埃蠹⑫，竟何成。时易失，心徒壮，岁将零⑬。渺神京。干羽方怀远⑭，静烽燧⑮，且休兵。冠盖使⑯，纷驰骛⑰，若为情⑱。闻道中原遗老，常南望、翠葆霓旌⑲。使行人到此⑳，忠愤气填膺，有泪如倾。

①长淮望断：宋高宗绍兴十一年（1141），南宋与金订立和约，东以淮河，

西以大散关为界,尽撤两淮兵备。故此处说"长淮望断"。　②莽然:草木茂密的样子。　③悄边声:兵马之声消失沉寂,即停止了军事行动。　④黯销凝:黯然伤神伫立。　⑤当年事:指北宋灭亡的惨剧。　⑥殆天数:大约是天意安排。　⑦洙泗:洙水和泗水,流经山东曲阜孔子讲学处。　⑧膻腥:牛羊的腥臭味。此指沦为金人占领区。　⑨毡乡:指金人的毡帐。　⑩区(ōu)脱:胡人筑以守边的土室。此指金人构筑的工事。　⑪名王宵猎:指金兵首领夜猎。　⑫埃蠹:积满灰尘,生满蛀虫。　⑬零:暮,晚。　⑭干羽方怀远:以木盾和雉扇等乐舞之具与金人讲和。怀远:怀柔远人使之屈服。　⑮烽燧:边境上告警的烽烟。升火为烽,点烟为燧。　⑯冠盖使:议和使臣。　⑰驰骛:奔走。　⑱若为情:何以为情。　⑲翠葆霓旌:皇帝的车驾。翠葆:用翡翠羽毛装饰的车盖。霓旌:像彩虹一样的旗子。　⑳行人:使臣。

念奴娇

过洞庭

洞庭青草①,近中秋、更无一点风色。玉鉴琼田三万顷②,著我扁舟一叶。素月分辉,明河共影③,表里俱澄澈④。悠然心会⑤,妙处难与君说。　　应念岭表经年⑥,孤光自照⑦,肝胆皆冰雪⑧。短发萧骚襟袖冷⑨,稳泛沧溟空阔⑩。尽吸西江⑪,细斟北斗⑫,万象为宾客⑬。扣舷独啸⑭,不知今夕何夕。

①洞庭青草:洞庭湖南面与青草湖相连,两者往往并称。 ②玉鉴:玉镜;琼田:玉田。此指光洁的湖面。 ③明河:银河。 ④表里:内外。澄澈:清澈明净。 ⑤悠然心会:指从容领悟到的幽兴。 ⑥岭表:岭南,今广东、广西地区。经年:过了一年。指作者担任广南西路经略宣抚使事。 ⑦孤光:月亮。 ⑧肝胆皆冰雪:心地高洁,与冰雪一样清净。 ⑨萧骚:稀疏。 ⑩沧溟:大水弥漫的样子。 ⑪西江:指折向西流的一段长江。 ⑫细斟北斗:把北斗星当酒器来舀酒喝。北斗七星形如酒杓,故有此说。 ⑬万象:指自然万物。 ⑭扣舷:敲击船舷。

韩元吉

韩元吉（1118—1187），字无咎，号南涧，雍丘（今河南杞县）人。南渡后流寓信州上饶（今江西上饶）。官至吏部尚书。有《南涧诗余》一卷。

六州歌头

东风著意①，先上小桃枝。红粉腻，娇如醉，倚朱扉，记年时。隐映新妆面，临水岸，春将半，云日暖，斜桥转，夹城西。草软莎平，跋马垂杨渡②，玉勒争嘶③。认蛾眉凝笑，脸薄拂燕脂，绣户曾窥，恨依依。

共携手处，香如雾，红随步，怨春迟。消瘦损，凭谁问？只化知，泪空垂。旧日堂前燕，和烟雨，又双飞。人自老，春长好，梦佳期。前度刘郎④，几许风流地，花也应悲。但茫茫暮霭，目断武陵溪⑤，往事难追。

①著意：注意，用心。　②跋马：勒马使之回转。此指驰马。　③玉勒：

代指马。　④前度刘郎:刘晨、阮肇在天台桃源洞遇仙。后来两人重到天台,则仙人杳不可见。事见刘义庆《幽明录》。后世称去而复来的人为"前度刘郎"。　⑤武陵溪:用陶渊明《桃花源记》事。

好　事　近①

凝碧旧池头②,一听管弦凄切。多少梨园声在③,总不堪华发。　杏花无处避春愁,也傍野烟发。惟有御沟声断④,似知人呜咽。

①《全宋词》此词有小序云:"汴京赐宴,闻教坊乐有感。"是作者作为南宋使节到汴京祝贺金帝万春节时所作。赐宴:指金帝招待南宋使节的宴会。　②凝碧池:在河南洛阳宫廷里。唐人王维被安禄山拘于菩提寺,有诗曰"秋槐落叶深宫里,凝碧池头奏管弦"。　③梨园:传习音乐戏曲的地方。梨园声在:指还能听到北宋遗留下来的老乐师的吹弹之声。　④御沟:流经皇宫里的河道。

袁去华

袁去华,字宣卿,奉新(今江西奉新)人。绍兴十五年(1145)进士,曾为善化知县。有《袁宣卿词》一卷。

瑞 鹤 仙

郊原初过雨,见数叶零乱,风定犹舞。斜阳挂深树,映浓愁浅黛,遥山眉妩①。来时旧路,尚岩花、娇黄半吐。到而今惟有、溪边流水,见人如故。　　无语。邮亭深静,下马还寻,旧曾题处。无聊倦旅,伤离恨,最愁苦。纵收香藏镜②,他年重到,人面桃花在否?念沉沉小阁幽窗,有时梦去。

①遥山眉妩:原指美人画的遥山眉十分妩媚,此处以美人之眉反比群山的秀美。　②收香:用韩寿偷香事,见《晋书》。藏镜:用秦嘉妻赠镜事。二典故参见周邦彦《风流子》"新绿小池塘"注⑨、⑩。

剑 器 近

夜来雨。赖倩得①、东风吹住。海棠正妖娆处，且留取。　悄庭户，试细听莺啼燕语，分明共人愁绪。怕春去。　佳树，翠阴初转午。重帘未卷，乍睡起，寂寞看风絮。偷弹清泪寄烟波，见江头故人，为言憔悴如许。彩笺无数②，去却寒暄③，到了浑无定据。断肠落日千山暮。

①赖倩得：幸亏依赖。　②彩笺：代指情书。　③去却寒暄：除去问寒问暖的言语。

安 公 子

弱柳千丝缕，嫩黄匀遍鸦啼处。寒入罗衣春尚浅，过一番风雨。问燕子来时，绿水桥边路。曾画楼、见个人人否①？料静掩云窗，尘满哀弦危柱②。　庾信愁如许，为谁都著眉端聚。独立东风弹泪眼，寄烟波东去。念永昼春闲，人倦如何度。闲傍枕、百啭黄鹂语。唤觉来厌厌,残照依然花坞。

①人人:对所爱者的昵称。　②哀弦危柱:代指筝一类的乐器。

陆　淞

陆淞,字子逸,号云溪,山阴(今浙江绍兴)人。曾官辰州守,晚以疾废。有词二首。

瑞　鹤　仙

脸霞红印枕,睡觉来、冠儿还是不整。屏间麝煤冷①。但眉峰压翠,泪珠弹粉。堂深昼永,燕交飞、风帘露井。恨无人说与相思,近日带围宽尽②。

重省。残灯朱幌,淡月纱窗,那时风景。阳台路迥。云雨梦,便无准。待归来,先指花梢教看,却把心期细问。问因循过了青春③,怎生意稳?

①麝煤:墨的异称。　②带围宽尽:腰带变得极松宽,指人变消瘦。
③因循:迟延,拖拉。

陆 游

陆游(1125—1210),字务观,自号放翁,越州山阴(今浙江绍兴)人。以荫补登仕郎,历官至枢密院编修,赐进士出身。范成大帅蜀,陆游为参议官。嘉泰初年,诏同修国史兼秘书监,升宝章阁待制,致仕卒。有《放翁词》一卷。

卜 算 子

咏 梅

驿外断桥边①,寂寞开无主②。已是黄昏独自愁,更著风和雨③。　　无意苦争春,一任群芳妒。零落成泥碾作尘,只有香如故。

①驿:古代官办的交通站。驿外:大道旁边。　②开无主:指野梅。　③更著风和雨:更遭受风吹雨打。

渔 家 傲

东望山阴何处是①,往来一万三千里。写得家书空满纸。流清泪,书回已是明年事。 寄语红桥桥下水②,扁舟何日寻兄弟?行遍天涯真老矣。愁无寐,鬓丝几缕茶烟里③。

①山阴:今浙江绍兴市,是作者的故乡。 ②寄语:传话。 ③鬓丝:鬓发雪白如丝。茶烟:烹茶时冒出的烟。此句是说岁月都在闲散无聊的生活中消磨掉了。

定 风 波

进贤道上见梅,赠王伯寿

敧帽垂鞭送客回①,小桥流水一枝梅。衰病逢春都不记,谁谓?幽香却解逐人来。 安得身闲频置酒,携手,与君看到十分开②。少壮相从今雪鬓,因甚?流年羁恨两相催③。

①敧帽：斜侧着帽子。　②十分开：指梅花开到极好时。　③羁恨：羁旅之恨。

钗　头　凤

红酥手①，黄縢酒②，满城春色宫墙柳③。东风恶，欢情薄，一怀愁绪，几年离索。错，错，错！　春如旧，人空瘦④，泪痕红浥鲛绡透⑤。桃花落，闲池阁⑥，山盟虽在⑦，锦书难托⑧。莫，莫，莫！

①酥手：柔软润滑的手。此指陆游前妻唐琬美好的姿容。　②黄縢酒：即黄封酒，古代官家所酿之酒。　③宫墙柳：南宋以山阴（今绍兴）为陪都，故此地有宫墙。这里指沈园内嫩绿的柳树。陆游与唐琬迫于母命而离异，十年后在山阴城东南的沈氏园内游春相遇，此词是陆游无限感慨地题写在沈园墙上的。　④人空瘦：此指唐琬被迫与陆游离异后变得憔悴、消瘦。　⑤"泪痕"句：红泪湿透了鲛绡手帕。浥：湿润。鲛绡：鲛人所织的丝绡。此处泛指丝织手帕。　⑥闲池阁：指沈园内荒凉、冷落的景象。　⑦山盟：指从前所发的誓言。　⑧锦书：情书。

陈 亮

陈亮（1143—1194），字同甫，号龙川，婺州永康（今浙江永康）人。为人才气超迈，喜谈兵，反对与金议和。绍熙四年（1193）登进士第，授金书建康府判官厅公事，未及到任而卒。有《龙川词》一卷，《补遗》一卷。

水 龙 吟

春 恨

闹花深处层楼①，画帘半卷东风软。春归翠陌，平莎茸嫩②，垂杨金浅③。迟日催花④，淡云阁雨⑤，轻寒轻暖。恨芳菲世界，游人未赏，都付与、莺和燕。

寂寞凭高念远，向南楼、一声归雁。金钗斗草⑥，青丝勒马⑦，风流云散。罗绶分香⑧，翠绡封泪⑨，几多幽怨。正销魂又是，疏烟淡月，子规声断。

①"闹花"句:意谓高楼在繁花深处。闹花:盛开的花。　②平莎茸嫩:平整的小草十分柔嫩。　③金浅:浅黄色。　④迟日:指春日。　⑤阁雨:止住雨。阁:同"搁"。　⑥金钗斗草:用金钗做赌注玩斗草的游戏。一说金钗代指女子。　⑦青丝勒马:用青丝做的缰绳来勒马。　⑧罗绶:罗带。分香:送给爱人带有香气的罗带以为纪念。　⑨翠绡:翠色的丝巾。

范成大

范成大(1126—1193),字致能,号石湖居士,吴县(今江苏苏州)人。绍兴二十四年(1154)进士,官历四川制置使、参知政事。乾道六年(1170),奉命出使金朝,不畏强暴,全节而归。有《石湖词》一卷。

忆 秦 娥

楼阴缺[1],阑干影卧东厢月。东厢月,一天风露,杏花如雪。　　隔烟催漏金虬咽[2],罗帏暗淡灯花结[3]。灯花结,片时春梦,江南天阔。

[1]楼阴缺:楼被树荫遮住,楼的阴影残缺。　[2]金虬(qiú):以龙头为饰的漏壶。虬:有角的龙。　[3]灯花:灯油将尽时,灯芯有时会结花,古人认为是喜兆。

醉落魄

栖鸟飞绝,绛河绿雾星明灭①。烧香曳簟眠清樾②。花影吹笙,满地淡黄月。　　好风碎竹声如雪③,昭华三弄临风咽④。鬈丝撩乱纶巾折⑤。凉满北窗,休共软红说⑥。

①绛河:即银河。明灭:忽明忽暗。　②曳簟(diàn):铺着竹席。清樾:清凉的树荫下。樾:相交荫蔽的树木。　③竹:指笙管。　④昭华:古代乐器。弄:吹奏。　⑤鬈丝:鬈发白如丝。纶巾:青丝带的头巾。　⑥软红:即红尘。此指那些热衷功名富贵的人。

霜天晓角

晚晴风歇,一夜春威折①。脉脉花疏天淡②,云来去、数枝雪。　　胜绝,愁亦绝。此情谁共说?惟有两行低雁,知人倚、画楼月。

①折:受损。　②脉脉:无言而视的样子。

蔡幼学

蔡幼学,生平不详。

好事近

日日惜春残,春去更无明日①。拟把醉同春住,又醒来岑寂②。　明年不怕不逢春,娇春怕无力③。待向灯前休睡,与留连今夕。

①更无明日:不待明日。　②岑寂:落寞无聊。　③娇春:惜春,怜春。无力:指自己年老无力。

辛弃疾

辛弃疾（1140—1207），原字坦夫，改字幼安，别号稼轩居士，历城（今山东济南）人。生于汴京沦陷后的金人占领区，自幼受到民族意识和爱国思想教育。耿京聚兵山东，辛弃疾为其掌书记，共图恢复。绍兴三十二年（1162），奉表南归，宋高宗召见，授承务郎。累官浙东安抚，加宝谟阁待制。晚年归隐铅山。有《稼轩长短句》十二卷，又《稼轩词》四卷。

贺 新 郎

别茂嘉十二弟①

绿树听鹈鴂②，更那堪、鹧鸪声住，杜鹃声切。啼到春归无寻处，苦恨芳菲都歇③。算未抵、人间离别④。马上琵琶关塞黑⑤，更长门翠辇辞金阙⑥。看燕燕，送归妾⑦。　　将军百战身名裂⑧。向河梁、回头万里，故人长绝⑨。易水萧萧西风冷,满座衣冠似雪⑩。正壮士、悲歌未彻。啼鸟还知如许恨,料不啼清泪长啼血。谁共我,醉明月?

①茂嘉:辛弃疾族弟的字,因事贬官桂林。 ②鹈鴂(tí jué):作者自注:"鹈鴂、杜鹃实两种,见《离骚补注》。"鹈鴂即伯劳鸟,叫声悲切,与鹧鸪、杜鹃相类。 ③芳菲:香花。歇:凋谢。 ④未抵:不及。 ⑤马上琵琶:石崇《王明君辞序》:"昔公主嫁乌孙,令琵琶马上作乐,以慰其道路之思,其送明君亦必尔也。"此用王昭君远嫁事表达离别苦恨。 ⑥长门:汉宫名,陈皇后失宠后贬居在此。翠辇:用翠羽装饰的宫车。金阙:皇帝的宫殿。 ⑦看燕燕,送归妾:《诗经·邶风》:"燕燕于飞,差池其羽。之子于归,远送于野。"毛传认为是"送归妾"的诗。 ⑧身名裂:指汉将李陵战败降匈奴,身败名裂。 ⑨"向河梁"三句:李陵与苏武为旧交。苏武被匈奴扣留十九年,不为所屈。及归,李陵送至河梁,赋诗作别。见《汉书·苏武传》。河梁:桥。 ⑩"易水"二句:燕太子丹送荆轲入秦刺杀秦王,皆白衣白冠,至易水边,荆轲歌曰:"风萧萧兮易水寒,壮士一去兮不复还。"见《史记·刺客列传》。

贺 新 郎

赋琵琶

凤尾龙香拨①,自开元霓裳曲罢②,几番风月。最苦浔阳江头客,画舸亭亭待发③。记出塞④、黄云堆雪。马上离愁三万里,望昭阳宫殿孤鸿没⑤。弦解语,恨难说。　辽阳驿使音尘绝⑥,琐窗寒⑦、轻拢慢捻⑧,泪珠盈睫。推手含情还却手⑨,一抹梁州哀彻⑩。千古事,云飞烟灭。贺老定场无消息⑪,想沉香亭北繁华歇⑫。弹到此,为呜咽。

①凤尾龙香拨:指杨贵妃用的是凤尾槽琵琶,龙香木拨子。　②"自开元"句:从唐玄宗开元年间安禄山惊破《霓裳羽衣曲》以后。　③"最苦"两句:最痛苦的是浔阳江头送客的白居易,在客船将发时听到琵琶声。见白居易《琵琶行》诗。　④出塞:指昭君出塞。　⑤昭阳:汉宫名。孤鸿:代指王昭君。　⑥辽阳:今辽宁辽阳。此处泛指北方。　⑦琐窗:雕花的窗户。　⑧轻拢慢捻:形容弹奏琵琶的情态。　⑨推手、却手:都是弹奏琵琶的指法。　⑩一抹:用手指轻轻一抹。梁州:即《凉州曲》,唐教坊曲调名。　⑪贺老:指贺怀智,开元、天宝年间弹奏琵琶的高手。定场:指戏剧角色

第一次出场。此指登台表演。　⑫沉香亭：在唐宫内苑。

水　龙　吟

登建康赏心亭①

楚天千里清秋，水随天去秋无际。遥岑远目②，献愁供恨③，玉簪螺髻④。落日楼头，断鸿声里⑤，江南游子。把吴钩看了⑥，栏干拍遍，无人会，登临意。

休说鲈鱼堪脍⑦，尽西风、季鹰归未⑧？求田问舍⑨，怕应羞见，刘郎才气⑩。可惜流年⑪，忧愁风雨，树犹如此⑫！倩何人唤取，红巾翠袖⑬，揾英雄泪⑭！

①建康：今南京市。赏心亭：北宋丁谓所建，下临秦淮河，为观赏胜地。　②遥岑：远山。　③献愁供恨：指远山处处触发人的愁恨之情。④玉簪螺髻：形容远山的形状像美人头上的玉簪和螺旋形的发髻。⑤断鸿：失群的孤雁。　⑥吴钩：宝刀名。　⑦脍（kuài）：通"脍"。将肉切成细片。　⑧季鹰：西晋人张翰的字。他在洛阳做官，见秋风吹起，想起家乡吴中的莼羹和鲈鱼，便弃官归去。见《晋书·张翰传》。　⑨求田问舍：《三国志·陈登传》载，刘备曾批评许汜求田问舍，言无可采。　⑩刘郎：指

胸怀大志的刘备。 ⑪流年:年光流逝。 ⑫树犹如此:《世说新语·言语》载,东晋桓温北伐,在金城看见自己昔年种植的柳树已粗十围,不禁叹息:"树犹如此,人何以堪!"并流下了眼泪。 ⑬红巾翠袖:少女的装饰,代指歌女。红巾:一作"盈盈"。 ⑭揾(wèn):擦掉。英雄泪:英雄失意的泪水。

摸 鱼 儿

淳熙己亥,自湖北漕移湖南,同官王正之置酒小山亭,为赋①。

更能消、几番风雨②?匆匆春又归去。惜春长怕花开早,何况落红无数。春且住!见说道、天涯芳草无归路③。怨春不语,算只有殷勤,画檐蛛网,尽日惹飞絮。 长门事④,准拟佳期又误⑤。蛾眉曾有人妒⑥。千金纵买相如赋⑦,脉脉此情谁诉?君莫舞,君不见、玉环飞燕皆尘土⑧?闲愁最苦。休去依危阑⑨,斜阳正在,烟柳断肠处。

①淳熙己亥:宋孝宗淳熙六年(1179),辛弃疾由湖北转运副使调任湖南转运副使。漕:宋代称转运使为漕司,是管钱粮的官。王正之:名特起,

辛弃疾的同僚、朋友。为赋：因而写这首词。 ②消：经得起。 ③天涯芳草无归路：芳草铺到了天边，遮断了春天的归路。 ④长门事：指汉武帝的陈皇后失宠后别居长门宫，十分愁闷悲苦。 ⑤准拟：约定之意。 ⑥"蛾眉"句：美人招妒之意。此处暗喻自己被小人陷害。 ⑦"千金"句：陈皇后听说司马相如善于作赋，便以黄金百斤请他写《长门赋》代为陈情。武帝看后深为感动，陈皇后复得欢宠。相如：即司马相如。 ⑧玉环：杨贵妃，小字玉环。飞燕：赵飞燕，汉成帝宠爱的皇后，后废为庶人，自杀。玉环、飞燕都以善妒著名，结果都不得善终。 ⑨危阑：高楼上的栏杆。

永遇乐

京口北固亭怀古①

千古江山，英雄无觅、孙仲谋处②。舞榭歌台③，风流总被、雨打风吹去。斜阳草树，寻常巷陌，人道寄奴曾住④。想当年，金戈铁马⑤，气吞万里如虎。

元嘉草草⑥，封狼居胥⑦，赢得仓皇北顾⑧。四十三年⑨，望中犹记，烽火扬州路⑩。可堪回首，佛狸祠下⑪，一片神鸦社鼓⑫。凭谁问，廉颇老矣⑬，尚能饭否？

①京口：今江苏镇江市。北固亭：在镇江市东北北固山上，面临长江，又名北顾亭。 ②孙仲谋：孙权，字仲谋，三国时吴帝，年少有为。 ③舞榭歌台：即歌舞楼台。 ④寄奴：南朝宋武帝刘裕的小字。 ⑤金戈铁马：形容兵强马壮。 ⑥元嘉草草：宋文帝刘义隆曾在元嘉年间仓促北伐，导致大败，国势一蹶不振。草草：草率。 ⑦封狼居胥：狼居胥山在今内蒙古西北。汉将霍去病大败匈奴，封狼居胥山而返。事见《史记·霍去病列传》。封：登山筑坛祭天。宋文帝轻信王玄谟之言，好大喜功，也想北封狼居胥山，结果惨败。事见《宋书·王玄谟传》。 ⑧仓皇北顾：元嘉八年（431）北伐失利，滑台陷没。宋文帝作诗伤悼曰："惆怅惧迁逝，北顾涕交流。" ⑨四十三年：作者写此词时距南归南宋已有四十三年。 ⑩烽火扬州路：指南归以前，作者在扬州以北地区参加抗金斗争。 ⑪佛狸：北魏太武帝的小名。宋文帝元嘉二十七年，佛狸南侵至瓜步。佛狸祠：即太武帝庙，在江苏六合瓜步山上。 ⑫神鸦社鼓：乌鸦的叫声和祭神的鼓声响成一片。神鸦：庙里吃祭品的乌鸦。社：社日。 ⑬廉颇：战国时赵国大将，曾屡次击败秦军，后被诬，出亡魏。赵遣使来视，廉颇一饭尽斗米、肉十斤，披甲上马，以示尚可重用。但赵使受人贿赂，却对赵王说："廉将军虽老，尚善饭。然与臣坐顷之，三遗矢矣。"赵王以为廉颇太老了，便不再启用。事见《史记》。此处作者以廉颇自比。

木兰花慢

滁州送范倅①

老来情味减，对别酒，怯流年。况屈指中秋，十分好月，不照人圆。无情水都不管，共西风、只管送归船。秋晚莼鲈江上②，夜深儿女灯前③。　　征衫，便好去朝天④，玉殿正思贤⑤。想夜半承明⑥，留教视草⑦，却遣筹边⑧。长安故人问我⑨，道愁肠殢酒只依然⑩。目断秋霄落雁，醉来时响空弦。

①范倅：名昂，滁州通判。倅：副职。　②莼鲈：即莼菜莼羹、鲈鱼脍。参见辛弃疾《水龙吟》"楚天千里清秋"注⑧。　③女儿灯前：在灯前和儿女叙谈。　④朝天：朝见天子。　⑤玉殿：指朝廷。思贤：渴望得到贤才。　⑥承明：即承明庐，汉代侍臣居住处。　⑦视草：审阅文稿。　⑧筹边：筹划边防。　⑨长安故人：在京老友。　⑩殢（tì）酒：为酒所困。殢：困。

祝英台近

晚　春

　　宝钗分①，桃叶渡②，烟柳暗南浦。怕上层楼③，十日九风雨。断肠片片飞红，都无人管，更谁劝、啼莺声住。　　鬓边觑④，试把花卜归期⑤，才簪又重数⑥。罗帐灯昏，哽咽梦中语：是他春带愁来，春归何处？却不解、带将愁去。

①宝钗分：情侣离别时将钗分为两股，各执一半。　②桃叶渡：在南京秦淮河与青溪合流处。此处指送别爱人的地方。王献之妾名桃叶，献之每于秦淮河渡口迎送之，并作《桃叶歌》。因名其地为桃叶渡。　③层楼：高楼。　④觑（qù）：斜视。　⑤花卜归期：用花瓣的数目来占卜丈夫归家的日期。　⑥才簪又重数：刚戴上又摘下来重数一遍。

青 玉 案

元 夕①

东风夜放花千树②,更吹落、星如雨③。宝马雕车香满路。凤箫声动④,玉壶光转⑤,一夜鱼龙舞⑥。

蛾儿雪柳黄金缕⑦,笑语盈盈暗香去。众里寻他千百度。蓦然回首⑧,那人却在,灯火阑珊处⑨。

①元夕:元宵节晚上。 ②花千树:形容灯火极多。 ③星:比喻花灯。一说指满天的焰火。 ④凤箫:即排箫,因其形状像凤翼而得名。 ⑤玉壶:指月亮。 ⑥鱼龙:指鱼形、龙形各样彩灯。 ⑦蛾儿雪柳:《武林旧事·元夕》:"元夕节物,妇人皆戴珠翠、闹蛾、玉梅、雪柳……" ⑧蓦然:忽然,猛然。 ⑨阑珊:零落,衰落。

鹧 鸪 天

鹅湖归,病起作①

枕簟溪堂冷欲秋②,断云依水晚来收③。红莲相倚浑如醉,白鸟无言定自愁。 书咄咄④,且休休⑤,一丘一壑也风流⑥。不知筋力衰多少,但觉新来懒上楼。

①鹅湖:山名,在江西铅山县东北,山上有湖,晋人龚氏曾在此养鹅,因而得名。辛弃疾乡居时常来此游赏。 ②枕簟(diàn):枕头和竹席。溪堂:建在水边供游赏的亭阁。 ③断云:片断零散的云。 ④书咄咄:《世说新语·黜免》载,殷浩被废后,终日书空,作"咄咄怪事"四字。 ⑤休休:安闲自得的样子。一说指退休。《新唐书·司空图传》载,司空图隐居中条山,作亭名休休,曰:"量其才一宜休,揣其分二宜休,耄且聩三宜休。" ⑥一丘一壑:指山水。

菩萨蛮

书江西造口壁①

郁孤台下清江水②,中间多少行人泪③。西北望长安④,可怜无数山。 青山遮不住,毕竟东流去。江晚正愁余,山深闻鹧鸪⑤。

①造口：在今江西万安县西南六十里。罗大经《鹤林玉露》载："南渡之初，虏人（金人）追隆祐太后御舟至造口，不及而还。幼安由此起兴。" ②郁孤台：在今江西赣州西南，赣江经台下向北流去。赣江和袁江合流处名清江。 ③行人：指流离失所的人。《宋史·高宗本纪》载，建炎三年（1129），金兵大举南侵，一路追击高宗赵构，侵扰浙东一带；一路追踪隆祐太后，骚扰江西，造成大批人民流离失所。 ④长安：此指北宋故都汴京。 ⑤鹧鸪：鸟名，啼声凄厉，如曰"行不得也哥哥"。罗大经《鹤林玉露》言："闻鹧鸪之句，谓恢复之事行不得也。"

姜　夔

姜夔（1155？—1209），字尧章，号白石道人，鄱阳（今江西鄱阳）人。青年时客居古沔（今湖北汉阳），才名早著，与名辈如范成大、杨万里、辛弃疾多有交往。工诗词，善书法，精通音律。庆元中曾上书乞正太常雅乐，不遇而归，以布衣终其生。有《白石词》一卷。

点　绛　唇

丁未冬过吴淞作[①]

燕雁无心[②]，太湖西畔随云去。数峰清苦，商略黄昏雨[③]。　　第四桥边[④]，拟共天随住[⑤]。今何许？凭阑怀古，残柳参差舞。

[①]丁未：宋孝宗淳熙十四年。姜夔自湖州往苏州见范成大，途经吴淞江。吴淞：即今吴江。　[②]无心：无留恋之意。　[③]商略：商量，酝酿。　[④]第四桥：在吴江城外。《苏州府志》："甘泉桥，亦名第四桥。"　[⑤]天随：

晚唐人陆龟蒙，号天随子，居淞江甫里。

鹧鸪天

元夕有所梦

肥水东流无尽期①，当初不合种相思②。梦中未比丹青见③，暗里忽惊山鸟啼。　春未绿，鬓先丝④，人间别久不成悲。谁教岁岁红莲夜⑤，两处沉吟各自知。

①肥水：源出合肥县西南紫蓬山，流入巢湖。　②不合：不该。　③丹青：图画，此处指女子的画像。　④丝：指雪白如丝。　⑤红莲：指彩灯。红莲夜：即元宵节晚上。

踏莎行

自沔东来，丁未元日至金陵，江上感梦而作①。

燕燕轻盈，莺莺娇软②。分明又向华胥见③。夜长争得薄情知，春初早被相思染。　别后书词，别时针线。离魂暗逐郎行远④。淮南皓月冷千山⑤,冥冥归去无人管⑥。

①沔(miǎn):唐、宋州名,今湖北汉阳。姜夔幼年随父宦居此地,先后近二十年。丁未元日:宋孝宗淳熙十四年(1187)元旦。 ②燕燕、莺莺:指情人。苏轼《张子野年八十五尚闻买妾,述古令作诗》:"诗人老去莺莺在,公子归来燕燕忙。" ③华胥:指梦里。《列子·黄帝》:"(黄帝)昼寝而梦,游于华胥之国。" ④郎行:情郎那边。 ⑤淮南:指合肥(宋时属淮南路)。 ⑥冥冥归去:指离魂在夜里归去。

庆 宫 春

绍熙辛亥除夕①,予别石湖归吴兴,雪后夜过垂虹②,尝赋诗云:"笠泽茫茫雁影微③,玉峰重叠护云衣。长桥寂寞春寒夜,只有诗人一舸归。"后五年冬,复与俞商卿、张平甫、铦朴翁自封禺同诣梁溪④,道经吴松。山寒天迥,云浪四合。中夕相呼步垂虹,星斗下垂,错杂渔火,朔吹凛凛,卮酒不能支。朴翁以衾自缠,犹相与行吟。因赋此阕,盖过旬涂稿乃定。朴翁咎余无益，然意所耽⑤，不能自已也。平甫、商卿、朴翁皆工于诗，所出奇诡，予亦强追逐之。此行既归，各得五十余解⑥。

双桨莼波⑦，一蓑松雨⑧，暮愁渐满空阔。呼我盟鸥⑨，翩翩欲下，背人还过木末⑩。那回归去，荡云雪，孤舟夜发。伤心重见，依约眉山⑪，黛痕低压⑫。　采香径里春寒⑬，老子婆娑⑭，自歌谁答。垂虹西望，飘然引去，此兴平生难遏。酒醒波远，政凝想、明珰素袜⑮。如今安在？唯有阑干，伴人一霎。

①绍熙辛亥:即宋光宗二年（1191）。　②垂虹:桥名,在江苏吴江县东。一说是吴江利往桥上的一座亭子。　③笠泽:即太湖,与石湖相连。④俞商卿:俞灏;张平甫:张鉴;铦朴翁:葛天民号。三人皆是作者的朋友。封禺:山名,在浙江武康县。梁溪:今无锡。　⑤所耽:爱好。　⑥解:首。　⑦莼波:莼菜杂生的绿水。　⑧松雨:松林间飘来的雨点。　⑨盟鸥:古人以与鸥鸟订盟同住水云乡中比喻退隐。⑩木末:树梢。　⑪眉山:蜿蜒的远山好像眉毛。　⑫黛痕:青绿色的痕迹。　⑬采香径:溪名,即箭

径。《苏州府志》:"采香径在香山之旁,小溪也。吴王种香于香山,使美人泛舟于溪水采香。今自灵岩山望之,一水直如矢,故俗名箭径。" ⑭老子:词人自指。婆娑:指舞蹈。 ⑮政:通"正"。明珰:耳坠上的明珠。素袜:丝袜。代指女子。

齐 天 乐

丙辰岁①,与张功父会饮张达可之堂②。闻屋壁间蟋蟀有声,功父约予同赋,以授歌者。功父先成,辞甚美。予徘徊茉莉花间,仰见秋月,顿起幽思,寻亦得此。蟋蟀,中都呼为促织③,善斗,好事者或以三二十万钱致一枚,镂象齿为楼观以贮之④。

庾郎先自吟愁赋⑤,凄凄更闻私语。露湿铜铺⑥,苔侵石井,都是曾听伊处。哀音似诉,正思妇无眠,起寻机杼⑦。曲曲屏山⑧,夜凉独自甚情绪? 西窗又吹暗雨,为谁频断续,相和砧杵⑨?候馆迎秋,离宫吊月,别有伤心无数。幽诗漫与⑩,笑篱落呼灯,世间儿女。写入琴丝⑪,一声声更苦。

①丙辰岁：宋宁宗庆元二年（1196）。　②张功父：又作功甫，张镃的字。张达可：可能是张镃的兄弟。　③中都：指南宋都城临安（今杭州）。　④镂：雕刻。象齿：象牙。楼观：楼阁。　⑤庾郎：指庾信，南北朝时文学家。愁赋：庾信所作，今已不存。　⑥铜铺：铜铺首。铺首是衔门环的兽形底座。此处代指门。　⑦机杼：织布机。　⑧屏山：屏风上画的山。　⑨砧杵：捣衣的用具。　⑩豳诗：《诗经·豳风·七月》"七月在野，八月在宇，九月在户，十月蟋蟀入我床下"。漫与：即景抒情，率意而作。　⑪写入琴丝：作者自注："宣政间，有士大夫制《蟋蟀吟》。"

琵琶仙

《吴都赋》云："户藏烟浦，家具画船。"惟吴兴为然，春游之盛，西湖未能过也。己酉岁①，余与萧时父载酒南郭②，感遇成歌。

双桨来时，有人似、旧曲桃根桃叶③。歌扇轻约飞花，蛾眉正奇绝。春渐远，汀洲自绿，更添了几声啼鴂④。十里扬州⑤，三生杜牧⑥，前事休说。　又还是宫烛分烟⑦，奈愁里匆匆换时节。都把一襟芳思，与空阶榆荚⑧。千万缕、藏鸦细柳,为玉尊⑨、起舞回雪。想见西出阳关⑩,故人初别。

①己酉:宋孝宗淳熙十六年(1189)。 ②萧时父:萧德藻之侄,作者的妻党。南郭:城南。 ③桃根桃叶:晋王献之有妾名桃叶,献之尝临渡作歌赠之,桃叶作《团扇歌》以答。桃根是她的妹妹。 ④啼鴂:杜鹃的鸣叫声。 ⑤十里扬州:杜牧诗:"春风十里扬州路,卷上珠帘总不如。" ⑥三生:指过去、现在、未来三世人生。这里作者借杜牧自比。 ⑦宫烛分烟:见周邦彦《应天长》"条风布暖"注⑦。 ⑧空阶榆荚:指榆荚掉落在空荡荡的石阶前。 ⑨玉尊:白玉酒杯。 ⑩西出阳关:唐王维《渭城曲》:"劝君更尽一杯酒,西出阳关无故人。"此处指别筵上的乐曲。

念 奴 娇

予客武陵①,湖北宪治在焉②。古城野水,乔木参天。予与二三友日荡舟其间,薄荷花而饮③。意象幽闲,不类人境。秋水且涸,荷叶出地寻丈。因列坐其下,上不见日,清风徐来,绿云自动。间于疏处,窥见游人画船,亦一乐也。揭来吴兴④,数得相羊荷花中⑤;

又夜泛西湖,光景奇绝。故以此句写之。

闹红一舸⑥,记来时、尝与鸳鸯为侣。三十六陂人未到⑦,水佩风裳无数⑧。翠叶吹凉,玉容销酒⑨,更洒菰蒲雨⑩。嫣然摇动,冷香飞上诗句⑪。　日暮。青盖亭亭⑫,情人不见,争忍凌波去?只恐舞衣寒易落⑬,愁入西风南浦。高柳垂阴,老鱼吹浪,留我花间住。田田多少⑭,几回沙际归路。

①武陵:今湖南常德。　②"湖北"句:宋朝湖北提刑官署设在武陵。　③薄:迫近。　④揭(qiè)来:来到。揭:发语词,无义。吴兴:今浙江湖州。　⑤相羊:同"徜徉",徘徊。　⑥闹红一舸:一叶小舟摇荡在盛开的荷花丛中。　⑦陂:水塘。　⑧水佩风裳:李贺《苏小小墓》诗:"风为裳,水为佩。"本写美人服饰,此处指荷花荷叶。　⑨玉容销酒:荷花微红,像是美人带着酒晕。　⑩菰蒲:泛指生在水塘中的水草。　⑪飞上诗句:唤起诗兴。　⑫青盖亭亭:指荷叶像车上的伞盖一样亭亭耸立。　⑬舞衣:指荷叶。　⑭田田:繁盛貌。

扬 州 慢

淳熙丙申至日①,余过维扬②。夜雪初霁,荠麦弥望③。入其城,则四顾萧条,寒水自碧;暮色渐起,戍角悲吟。余怀怆然,感慨今昔,因自度此曲。千岩老人以为有黍离之悲也④。

淮左名都⑤,竹西佳处⑥,解鞍少驻初程。过春风十里⑦,尽荠麦青青⑧。自胡马窥江去后⑨,废池乔木,犹厌言兵。渐黄昏、清角吹寒,都在空城。　杜郎俊赏⑩,算而今、重到须惊。纵豆蔻词工⑪,青楼梦好⑫,难赋深情。二十四桥仍在⑬,波心荡,冷月无声。念桥边红药⑭,年年知为谁生!

①淳熙丙申至日:宋孝宗淳熙三年(1176)的冬至日。　②维扬:即扬州。　③荠麦弥望:满眼都是杂生的荠菜和麦子。　④千岩老人:萧德藻别号。黍离之悲:《诗经·黍离》篇,写周朝志士看到故都宫里长满禾黍,痛悼亡国之恨。　⑤淮左名都:指扬州,因其位于淮水东,又是这一地区著名都会,故称。　⑥竹西:亭名,在扬州城东禅智寺侧。杜牧《题扬州禅智寺》:"谁

知竹西路,歌吹是扬州。" ⑦春风十里:指昔日繁华的扬州。参见姜夔《琵琶仙》"双桨来时"注⑤。 ⑧尽荠麦青青:到处长满青青的荠菜麦草。 ⑨胡马窥江:指绍兴三十一年(1161)金兵攻陷扬州。 ⑩杜郎:杜牧。俊赏:卓越的赏鉴。 ⑪豆蔻词:指杜牧诗"娉娉袅袅十三余,豆蔻梢头二月初"。 ⑫青楼梦:杜牧有诗"十年一觉扬州梦,赢得青楼薄幸名"。 ⑬二十四桥:旧址在扬州西郊,相传古代曾有二十四个美人在桥上吹箫,故名。杜牧《寄扬州韩绰判官》:"二十四桥明月夜,玉人何处教吹箫?" ⑭红药:红芍药。

长亭怨慢

予颇喜自制曲,初率意为长短句,然后协以律,故前后阕多不同。桓大司马云①:"昔年种柳,依依汉南。今看摇落,凄怆江潭。树犹如此,人何以堪!"此语余深爱之。

渐吹尽、枝头香絮,是处人家,绿深门户。远浦萦回②,暮帆零乱向何许?阅人多矣,谁得似长亭树?树若有情时,不会得青青如此。 日暮。望高城不见,只见乱山无数。韦郎去也③,怎忘得玉环分付。第一是早早归来,怕红萼④无人为主。算空有并刀⑤,难剪离愁千缕。

①桓大司马:东晋人桓温,曾为大司马。 ②萦回:曲折迂回。 ③韦郎:《云溪友议》载:唐江夏太守韦皋与青衣玉箫有情,临别赠以玉指环,相约七年再会。八年不至,玉箫绝食而死。此处作者以韦皋自比。 ④红萼:红花,借喻所爱的女子。 ⑤并刀:古代并州(今山西太原)出产的剪刀,以锋利著称。

淡 黄 柳

客居合肥南城赤阑桥之西①,巷陌凄凉,与江左异②;惟柳色夹道,依依可怜。因度此曲,以抒客怀。

空城晓角,吹入垂杨陌。马上单衣寒恻恻③。看尽鹅黄嫩绿,都是江南旧相识。正岑寂④,明朝又寒食。强携酒、小桥宅⑤,怕梨花落尽成秋色。燕燕飞来,问春何在?惟有池塘自碧。

①赤阑桥：红栏杆的桥。　②江左：江东，此专指江南。　③恻恻：即侧侧，形容轻寒。　④岑寂：清静寂寞。　⑤小桥宅：指情人居处。

暗　香

辛亥之冬①，予载雪诣石湖②。止既月③，授简索句④，且征新声⑤，作此两曲。石湖把玩不已，使工伎肄习之⑥，音节谐婉，乃名之曰《暗香》《疏影》。

旧时月色，算几番照我，梅边吹笛？唤起玉人，不管清寒与攀摘。何逊而今渐老⑦，都忘却、春风词笔。但怪得竹外疏花⑧，香冷入瑶席⑨。　江国⑩，正寂寂。叹寄与路遥⑪，夜雪初积。翠尊易泣⑫，红萼无言耿相忆。长记曾携手处，千树压、西湖寒碧⑬。又片片吹尽也，几时见得？

①辛亥：宋光宗绍熙二年（1191）。　②石湖：范成大晚年自号石湖居士。　③止既月：住了一个多月。　④简：纸。　⑤征新声：征求新词调。　⑥肄习：练习。　⑦何逊：南朝梁诗人，曾在扬州作《早梅》诗。

此处作者以何逊自比。 ⑧竹外疏花：竹林外几枝稀疏的梅花。 ⑨瑶席：座席的美称。 ⑩江国：水乡。 ⑪寄与路遥：暗用陆凯自江南折梅寄赠范晔故事。表示对远人的怀念。 ⑫翠尊：翠绿色的酒杯，此处指酒。 ⑬西湖：杭州西湖。寒碧：湖水清凉碧绿。

疏　　影

　　苔枝缀玉①，有翠禽小小，枝上同宿。客里相逢，篱角黄昏，无言自倚修竹②。昭君不惯胡沙远③，但暗忆、江南江北。想佩环、月夜归来，化作此花幽独④。

　　犹记深宫旧事⑤，那人正睡里，飞近蛾绿⑥。莫似春风，不管盈盈，早与安排金屋⑦。还教一片随波去，又却怨、玉龙哀曲⑧。等恁时、重觅幽香，已入小窗横幅⑨。

①苔枝：指苔梅，梅的一种。缀玉：像玉一般缀在枝头。 ②"无言"句：杜甫《佳人》诗："天寒翠袖薄，日暮倚修竹。"此处把梅花比作孤独高洁的美人。 ③昭君：王昭君。胡沙：西北沙漠地区。 ④"想佩环"两句：言昭君之魂在月夜归来，化作幽怨孤独的梅花。佩环：即环佩，女子的首饰。杜甫《咏怀古迹·王昭君》诗："环佩空归月夜魂。" ⑤深宫旧事：《太

平御览·时序部》引《杂五行书》:"宋武帝女寿阳公主人日卧于含章殿檐下,梅花落公主额上,成五出花,拂之不去。皇后留之,看得几时。经三日,洗之乃落。宫女奇其异,竞效之。今梅花妆是也。" ⑥蛾绿:女子的眉毛。 ⑦安排金屋:《汉武故事》载汉武帝小时对姑母说:"若得阿娇作妇,当作金屋贮之也。"此处用来表达惜花之意。 ⑧玉龙:笛子名。玉龙哀曲:指《梅花落》笛曲。 ⑨横幅:指图画。

翠 楼 吟

淳熙丙午冬①,武昌安远楼成②,与刘去非诸友落之③,度曲见志。余去武昌十年,故人有泊舟鹦鹉洲者④,闻小姬歌此词,问之,颇能道其事;还吴,为余言之,兴怀昔游,且伤今之离索也⑤。

月冷龙沙⑥,尘清虎落⑦,今年汉酺初赐⑧。新翻胡部曲⑨,听毡幕、元戎歌吹⑩。层楼高峙,看槛曲萦红,檐牙飞翠。人姝丽⑪,粉香吹下,夜寒风细。　　此地。宜有词仙⑫,拥素云黄鹤,与君游戏。玉梯凝望久,但芳草、萋萋千里。天涯情味,仗酒祓清愁⑬,花消英气。西山外,晚来还卷,一帘秋霁⑭。

①淳熙丙午:宋孝宗淳熙十三年(1186)。时作者离开汉阳往湖州,途经武昌。　②安远楼:即武昌南楼。　③刘去非:作者的朋友。落之:为楼的建成而举行祭礼。　④鹦鹉洲:在武昌附近长江中。　⑤离索:客居寂寞。　⑥龙沙:《后汉书·班超传赞》:"坦步葱岭,咫尺龙沙。"后称塞外沙漠之地为龙沙。　⑦虎落:护城的篱笆。　⑧酺:聚饮。《汉文帝纪》

载,文帝十六年九月得一玉杯,上刻"人主延寿,令天下大酺"。此处指南宋朝廷赐酺,事在淳熙十三年正月。见《宋史·孝宗纪》。 ⑨新翻:新编。胡部曲:由西部、北部少数民族地区传入的音乐。 ⑩毡幕:毡制的帐幕。元戎:军队的主帅。 ⑪姝丽:美丽。 ⑫词仙:传说中骑黄鹤的仙人。 ⑬袚(fú):消除。 ⑭霁:雨后放晴。

杏花天影

丙午之冬①,发沔口②。丁未正月二日③,道金陵。北望淮、楚,风日清淑,小舟挂席,容与波上④。

绿丝低拂鸳鸯浦⑤,想桃叶⑥,当时唤渡。又将愁眼与春风,待去。倚兰桡、更少驻⑦。 金陵路,莺吟燕舞。算潮水知人最苦。满汀芳草不成归⑧,日暮。更移舟、向甚处?

①丙午:即宋孝宗淳熙十三年(1186)。 ②沔口:汉水入长江处。 ③丁未:丙午的次年。 ④容与:迟缓不前。 ⑤浦:水边。 ⑥桃叶:见姜夔《琵琶仙》"双桨来时"注③。 ⑦兰桡:兰木船桨。 ⑧汀:江中沙洲。

一萼红

丙午人日①,予客长沙别驾之观政堂②。堂下曲沼,沼西负古垣,有卢橘幽篁③,一径深曲。穿径而南,官梅数十株④,如椒如菽⑤,或红破白露,枝影扶疏。著屐苍苔细石间,野兴横生,亟命驾登定王台⑥。乱湘流入麓山⑦,湘云低昂,湘波容与。兴尽悲来,醉吟成调。

古城阴⑧,有官梅几许,红萼未宜簪。池面冰胶,墙腰雪老,云意还又沉沉。翠藤共、闲穿径竹,渐笑语、惊起卧沙禽。野老林泉,故王台榭⑨,呼唤登临。
南去北来何事?荡湘云楚水,目极伤心。朱户粘鸡⑩,金盘簇燕⑪,空叹时序侵寻⑫。记曾共、西楼雅集,想垂柳、还袅万丝金。待得归鞍到时,只怕春深。

①人日:农历正月初七。 ②长沙别驾:指萧德藻,时任湖南通判。别驾:宋代通判的别称。 ③卢橘幽篁:金橘和竹林。 ④官梅:公家种植的梅

树。　⑤椒：指胡椒。菽：豆子。　⑥定王台：在长沙县东，汉长沙定王所筑。　⑦麓山：一名岳麓山，在长沙县西南，属衡山之足。　⑧阴：北面。　⑨故王台榭：指定王台。　⑩粘鸡：《岁时记》："人日贴画鸡于户，悬苇索其上，插符于旁，百鬼畏之。"　⑪簇燕：《武林旧事》言，立春日供春盘，有"翠缕红丝，金鸡玉燕，备极精巧"。　⑫侵寻：过去，逝去。

霓裳中序第一

丙午岁，留长沙，登祝融①，因得其祠神之曲，曰《黄帝盐》《苏合香》②。又于乐工故书中得商调《霓裳曲》十八阕，皆虚谱无辞。按沈氏《乐律》③：《霓裳》道调，此乃商调。乐天诗云："散序六阕④"，此特两阕。未知孰是。然音节闲雅，不类今曲。余不暇尽作，作"中序"一阕传于世。余方羁游，感此古音，不自知其辞之怨抑也。

亭皋正望极⑤，乱落江莲归未得。多病却无气力，况纨扇渐疏，罗衣初索⑥。流光过隙，叹杏梁⑦、双燕如客。人何在？一帘淡月，仿佛照颜色。　　幽寂。乱蛩吟壁⑧,动庾信⑨、清愁似织。沉思年少浪迹,笛里关山,柳下坊陌⑩。坠红无信息,漫暗水、涓涓溜碧。飘零久,而今何意,醉卧酒垆侧⑪。

①祝融:衡山七十二峰之最高者。　②《黄帝盐》《苏合香》:皆为献神乐曲。　③沈氏《乐律》:指沈括《梦溪笔谈·乐律篇》。　④乐天:白居易。散序六阕:白居易《和元微之霓裳羽衣歌》:"散序六奏未动衣,阳台宿云慵不飞。"　⑤亭皋:水边平地。　⑥索:萧索,寒冷。　⑦杏梁:杏木房梁。　⑧蛩:蟋蟀,又名促织。　⑨庾信:字子山,南北朝时诗人,其《哀江南赋》等作品充满愁苦怨恨之情。此处作者以庾信自比。　⑩坊陌:街道。　⑪酒垆:酒店中安置酒瓮的土墩。

章良能

章良能,字达之,丽水(今浙江丽水)人,居吴兴。淳熙五年(1178)进士,除著作佐郎。宁宗朝官至参知政事。有词一首。

小重山

柳暗花明春事深。小阑红芍药,已抽簪①。雨余风软碎鸣禽②。迟迟日,犹带一分阴。　　往事莫沉吟,身闲时序好,且登临。旧游无处不堪寻。无寻处,惟有少年心。

①抽簪:原指弃官隐退,此处指花渐老。　②碎鸣禽:鸟叫声零乱。杜荀鹤诗:"风暖鸟声碎,日高花影重。"

刘 过

刘过(1154—1206),字改之,号龙洲道人,吉州太和(今江西泰和)人。曾以布衣伏阙,上陈恢复故国方略。曾为辛弃疾幕僚。有《龙洲词》。

唐 多 令

> 安远楼小集[①],侑觞歌板之姬黄其姓者[②],乞词于龙洲道人,为赋此《唐多令》。同柳阜之、刘去非、石民瞻、周嘉仲、陈孟参、孟容。时八月五日也。

芦叶满汀洲,寒沙带浅流。二十年重过南楼。柳下系船犹未稳,能几日,又中秋。　　黄鹤断矶头[③],故人今在否[④]?旧江山浑是新愁。欲买桂花同载酒,终不似,少年游!

①安远楼:即武昌南楼。②侑觞:陪酒。歌板之姬:歌女。黄其姓者:姓黄的。　③黄鹤断矶头:黄鹤矶在黄鹄山西北,上有黄鹤楼,西临长江,为游览胜地。临江的山崖叫作矶。　④今在否:一作"曾到否"。

严 仁

严仁,字次山,号樵溪,邵武(今福建邵武)人。与严羽、严参号称"邵武三严"。有《清江欸乃集》,今不传。

木 兰 花

春风只在园西畔,荠菜花繁蝴蝶乱。冰池晴绿照还空①,香径落红吹已断。　　意长翻恨游丝短,尽日相思罗带缓。宝奁如月不欺人②,明日归来君试看。

①晴绿:指池水。　②宝奁:镜匣,此处指镜子。

俞国宝

俞国宝,临川(今江西临川)人,生平不详。

风　入　松

　　一春长费买花钱①,日日醉湖边。玉骢惯识西湖路②,骄嘶过、沽酒楼前。红杏香中歌舞③,绿杨影里秋千。　　暖风十里丽人天④,花压鬓云偏。画船载取春归去,余情付、湖水湖烟。明日重扶残醉⑤,来寻陌上花钿。

①买花:赏花。指花边买醉、席上听歌等事。　②玉骢:白马。③歌舞:一作"箫鼓"。　④丽人天:指女子踏青游春时节。　⑤重扶残醉:原作"明日再携残酒"。据《武林旧事》载:高宗笑曰:"此词甚好,但末句未免儒酸。"因而改定为"明日重扶残醉",风格迥异。

张　镃

张镃（1153—1235），字功甫，号约斋，原籍西秦，世居杭州。是南渡功臣循王张俊孙，曾官奉议郎直秘阁。性豪纵，广交游，湖山歌舞，极意奢华。嘉定四年（1211）谪象州编管，卒于贬所。有《南湖诗余》一卷，亦称《玉照堂词》。

满　庭　芳

促织儿

月洗高梧，露漙幽草①，宝钗楼外秋深。土花沿翠②，萤火坠墙阴。静听寒声断续，微韵转、凄咽悲沉。争求侣、殷勤劝织③，促破晓机心。　　儿时曾记得，呼灯灌穴④，敛步随音。任满身花影，独自追寻。携向华堂戏斗，亭台小、笼巧妆金。今休说，从渠床下，凉夜伴孤吟。

①洅(tuán):露水很多的样子。　②土花:指苔藓。　③劝织:促织(蟋蟀)的叫声像是在说"织、织",好似在劝人赶紧织布。　④呼灯灌穴:在夜晚捉蟋蟀的种种动作。

燕　山　亭

幽梦初回,重阴未开,晓色催成疏雨。竹槛气寒,蕙畹声摇①,新绿暗通南浦。未有人行,才半启回廊朱户。无绪。空望极霓旌②,锦书难据。　苔径追忆曾游,念谁伴秋千,彩绳芳柱。犀帘黛卷③,凤枕云孤,应也几番凝伫。怎得伊来,花雾绕、小堂深处。留住,直到老不教归去。

①蕙畹:种植蕙草的田园。蕙:一种香草。畹:十二亩为一畹。②霓旌:云旗。宋玉《高唐赋》:"霓为旌,翠为盖。"　③犀帘:犀皮制成的帘子。此处泛指精美的帘子。

史达祖

史达祖(1163—1220?),字邦卿,号梅溪,汴(今河南开封)人。科举不第,曾为权相韩侂胄堂吏,负责撰拟文书。开禧年间北伐失败,韩侂胄被诛,史达祖亦受黥刑,后死于贫困之中。有《梅溪词》一卷。

绮罗香

咏春雨

做冷欺花①,将烟困柳,千里偷催春暮②。尽日冥迷,愁里欲飞还住。惊粉重、蝶宿西园③,喜泥润、燕归南浦。最妨它佳约风流,钿车不到杜陵路④。

沉沉江上望极,还被春潮晚急,难寻官渡⑤。隐约遥峰,和泪谢娘眉妩⑥。临断岸、新绿生时,是落红、带愁流处。记当日门掩梨花⑦,剪灯深夜语。

①做冷:指春雨添寒。此为拟人法,下句的"将烟"与此同。

②偷催春暮:悄悄地唤来暮色。孟郊《喜雨》诗:"朝见一片云,暮成千里雨。" ③粉重:雨湿花粉,蝴蝶驮载不动。 ④钿车:镶着金玉的华贵马车。杜陵:在长安城东南,是汉宣帝陵墓所在地,为贵家聚居之处。 ⑤官渡:官办的渡口。 ⑥谢娘:唐人李德裕歌妓,后世泛指歌女。 ⑦门掩梨花:李重元《忆王孙》词:"雨打梨花深闭门。"此处略用其意,怀念昔日幽欢。

双 双 燕

咏 燕

过春社了①,度帘幕中间,去年尘冷。差池欲住②,试入旧巢相并。还相雕梁藻井③,又软语商量不定。飘然快拂花梢,翠尾分开红影。　芳径,芹泥雨润④。爱贴地争飞,竞夸轻俊。红楼归晚,看足柳昏花暝。应自栖香正稳⑤,便忘了天涯芳信⑥。愁损翠黛双蛾⑦,日日画阑独凭。

①春社:立春后、清明前的一个节日,相传燕子此时从南方飞来。②差池:亦作"参差",形容燕子飞时羽毛舒张不齐的样子。 ③相:细看,端详。藻井:指天花板,形如井栏,饰以水草花纹。 ④芹泥:水边长芹

草的泥地,有香味。 ⑤栖香:指双燕亲密地并栖于香巢。 ⑥芳信:情书。
⑦翠黛双蛾:用青黛画出的双眉。

东风第一枝

咏春雪

巧沁兰心,偷粘草甲,东风欲障新暖。漫凝碧瓦难留①,信知暮寒轻浅。行天入镜②,做弄出、轻松纤软。料故园、不卷重帘,误了乍来双燕。　青未了、柳回白眼③。红欲断、杏开素面。旧游忆着山阴④,后盟遂妨上苑⑤。寒炉重熨,便放慢、春衫针线。恐凤靴、挑菜归来,万一灞桥相见⑥。

①"漫凝"句:春雪落在屋瓦上却难以存留(就化了)。 ②行天入镜:在天地间飞舞。入镜:一作"入境"。 ③柳回白眼:指柳眼本已青绿,春雪却使它变白。 ④山阴:晋人王徽之居山阴时,雪后泛舟访戴逵,至门不入而返。人问其故,答曰:"吾本乘兴而来,尽兴而返,何必见戴!"事见《世说新语·任诞》。 ⑤上苑:供帝王游赏、打猎的园林。 ⑥灞桥:即霸桥,在长安东,是古人折柳送别之处。

史达祖

喜 迁 莺

月波疑滴,望玉壶天近①,了无尘隔。翠眼圈花②,冰丝织练,黄道宝光相直③。自怜诗酒瘦,难应接、许多春色。最无赖,是随香趁烛,曾伴狂客。　　踪迹,漫记忆。老了杜郎④,忍听东风笛。柳院灯疏,梅厅雪在,谁与细倾春碧⑤?旧情拘未定,犹自学、当年游历。怕万一,误玉人夜寒帘隙。

①玉壶:指月亮。　②圈花:可能是指各种花灯。　③黄道:《汉书·天文志》:"日有中道,月有九行。中道者黄道,一曰光道。"是古人想象中太阳运行的轨迹。　④杜郎:指杜牧。　⑤春碧:指美酒。

三 姝 媚

烟光摇缥瓦①,望晴檐多风,柳花如洒。锦瑟横床②,想泪痕尘影,凤弦常下。倦出犀帏,频梦见、王孙骄马③。讳道相思,偷理绡裙,自惊腰衩④。　　惆怅南楼遥夜,记翠箔张灯,枕肩歌罢。又入铜驼⑤,遍旧家门巷,首询声价。可惜东风,将恨与、闲花俱谢。记取崔徽模样⑥,归来暗写。

①缥瓦:即琉璃瓦。 ②锦瑟:绘文如锦的瑟。 ③王孙:代指游子。 ④腰衩:此处指腰衩变宽。衩:衣服下端的开衩。 ⑤铜驼:即铜驼巷,在洛阳。 ⑥崔徽:《丽情集》载:妓女崔徽与裴敬中相善。敬中去,徽怨抑至极,乃托人写真(画像)致意曰:"为妾谢敬中,崔徽一旦不及卷中人,徽且为郎死矣!"此处代指相爱的女子。

秋　霁

江水苍苍,望倦柳愁荷,共感秋色。废阁先凉,古帘空暮,雁程最嫌风力。故园信息,爱渠入眼南山碧。念上国,谁是脍鲈江汉未归客①。　　还又岁晚、瘦骨临风,夜闻秋声,吹动岑寂。露蛩悲、青灯冷屋,翻书愁上鬓毛白。年少俊游浑断得,但可怜处,无奈苒苒魂惊②,采香南浦,剪梅烟驿③。

①脍鲈:用张翰事,参见辛弃疾《水龙吟》"楚天千里清秋"注⑧。 ②苒苒:柔细貌。 ③烟驿:烟雾笼罩的官路。

夜 合 花

柳锁莺魂,花翻蝶梦,自知愁染潘郎①。轻衫未揽,犹将泪点偷藏。念前事,怯流光,早春窥、酥雨池塘②。向消凝里,梅开半面,情满徐妆③。　　风丝一寸柔肠,曾在歌边惹恨,烛底萦香。芳机瑞锦④,如何未织鸳鸯。人扶醉,月依墙,是当初、谁敢疏狂!把闲言语,花房夜久,各自思量。

①潘郎:指潘岳。愁染潘郎:即愁白了头发。参见徐伸《二郎神》"闷来弹鹊"注②。　②酥雨:细雨。　③徐妆:《南史·梁元帝徐妃传》载:"妃以帝眇(瞎)一目,每知帝将至,必为半面妆以俟。帝见则大怒而去。"此处用来形容半开的梅花。　④芳机:织布机的美称。

玉 蝴 蝶

晚雨未摧宫树,可怜闲叶,犹抱凉蝉。短景归秋①,吟思又接愁边。漏初长②、梦魂难禁,人渐老、风月俱寒。想幽欢,土花庭甃③,虫网阑干。　　无端。啼蛄搅夜④,

恨随团扇⑤,苦近秋莲。一笛当楼,谢娘悬泪立风前⑥。故园晚、强留诗酒,新雁远、不致寒暄。隔苍烟、楚香罗袖,谁伴婵娟。

①短景:秋天白日变短,故称短景。 ②漏:漏壶。漏初长:指夜晚开始变长。 ③土花:指苔藓。庭甃(zhòu):院中井栏。 ④蛞:即蟋蟀,一种虫子,穴居土中,鸣声响亮。 ⑤恨随团扇:班婕妤《怨诗行序》:"婕妤失宠,求供养太后于长信宫,乃作怨诗以自伤,托辞于纨扇云。"此指因秋天到来而引起的失意之恨。 ⑥谢娘:泛指歌女。

八　归

秋江带雨,寒沙萦水,人瞰画阁愁独①。烟蓑散响惊诗思②,还被乱鸥飞去,秀句难续。冷眼尽归图画上,认隔岸、微茫云屋③。想半属、渔市樵村,欲暮竟然竹④。　　须信风流未老,凭持尊酒、慰此凄凉心目。一鞭南陌,几篙官渡,赖有歌眉舒绿⑤。只匆匆残照⑥,早觉闲愁挂乔木。应难奈故人天际,望彻淮山,相思无雁足⑦。

①瞰：俯视。 ②蓑：蓑衣。 ③微茫：隐约不明的样子。 ④然竹：即燃竹炊饭。 ⑤歌眉：歌者之眉。舒绿：即舒展眉头。古人用黛绿画眉，绿即指眉。 ⑥残照：一作"眺远"。 ⑦无雁足：古代传说雁足可以传书，事见《汉书·苏武传》。无雁足即指没有音信。

刘克庄

刘克庄（1187—1269），字潜夫，号后村，莆田（今福建莆田）人。以荫补将仕郎，历官枢密院编修，出知袁州、广东提举。淳祐六年（1246）赐进士出身，官至龙图阁学士。卒谥文定。有词《后村别调》一卷，又《后村长短句》五卷。

生 查 子

元夕戏陈敬叟[①]

繁灯夺霁华[②]，戏鼓侵明发[③]。物色旧时同，情味中年别。　　浅画镜中眉，深拜楼中月。人散市声收[④]，渐入愁时节。

①戏：游戏，玩笑。陈敬叟：作者友人。　②霁华：明月。　③明发：指天将发亮。《诗经·小雅·小宛》篇："明发不寐，有怀二人。"　④市声：街市上的喧嚷声。

贺新郎

端 午

深院榴花吐。画帘开、练衣纨扇①,午风清暑。儿女纷纷夸结束②,新样钗符艾虎③。早已有、游人观渡④。老大逢场慵作戏,任陌头、年少争旗鼓。溪雨急,浪花舞。　　灵均标致高如许⑤。忆生平、既纫兰佩⑥,更怀椒糈⑦。谁信骚魂千载后,波底垂涎角黍⑧。又说是、蛟馋龙怒。把似而今醒到了⑨,料当年、醉死差无苦⑩。聊一笑,吊千古。

①练(shū)衣:粗布衣服。　②结束:装束打扮。　③钗符:端午节时戴在头上的饰物。艾虎:《荆门记》:"午节人皆采艾,为虎为人。挂于门以辟邪气。"　④观渡:《荆楚岁时记》:"五月五日竞渡,俗为屈原投汨罗日,人伤其死,故命舟楫拯之。"　⑤灵均:屈原的小字。标致:风度。　⑥纫兰佩:屈原《离骚》:"纫秋兰以为佩。"即联缀秋兰佩带在身上。　⑦椒:香物,用以降神。糈(xǔ):祭祀用的精米。　⑧垂涎:贪馋。角黍:即粽子的原始。屈原五月五日投江死去,楚人哀之,以竹筒贮米投水,裹以楝叶,缠以彩线,以使不为蛟龙所吞。见《齐谐记》。　⑨把似:假如。　⑩差:比较,略微。

贺　新　郎

九　日①

湛湛长空黑②。更那堪、斜风细雨,乱愁如织。老眼平生空四海,赖有高楼百尺③。看浩荡、千崖秋色。白发书生神州泪,尽凄凉、不向牛山滴④。追往事,去无迹。　　少年自负凌云笔⑤。到而今、春华落尽⑥,满怀萧瑟。常恨世人新意少,爱说南朝狂客⑦。把破帽、年年拈出。若对黄花孤负酒⑧,怕黄花、也笑人岑寂。鸿北去,日西匿。

①九日:即九月九日重阳节。　②湛湛:深沉的样子。　③高楼百尺:《三国志·陈登传》载,刘备曾批评许汜求田问舍,说自己要睡在百尺楼上,而让许汜睡在地下。此处表示对天下的关心。　④牛山:在山东临淄南。《晏子春秋》载,齐景公登牛山,北望其国城而流涕,曰:"若何滂滂去此而死乎?"表示恋生惧死之意。此处作者表示自己的老泪不为个人生死而流,而是为"神州"而洒。　⑤凌云笔:豪气凌云的笔墨。　⑥春华落尽:暗喻豪气、才气都已消磨殆尽。　⑦南朝狂客:指东晋孟嘉。他是桓温的参军,曾在九

月九日与桓温共游龙山,风吹帽落而不觉。　⑧孤负:即辜负。

木　兰　花

戏林推

年年跃马长安市,客舍似家家似寄①。青钱换酒日无何,红烛呼卢宵不寐②。　　易挑锦妇机中字③,难得玉人心下事。男儿西北有神州,莫滴水西桥畔泪④。

①寄:暂时寄居处。　②呼卢:又叫"呼卢喝雉",古代的一种赌博。用五个木子,每子都一面涂黑,画牛犊;一面涂白,画雉鸡。五子都得黑面叫卢,得头彩。掷子时,高声大叫,希望得到全黑,故称呼卢。　③机中字:用苏蕙织锦为回文诗寄给丈夫窦滔事。参见柳永《曲玉管》"陇首云飞"注⑥。　④水西桥:美人居住处。

卢祖皋

卢祖皋(约1174—1224),字申之,又字次夔,号蒲江,永嘉(今浙江永嘉)人。庆元五年(1199)进士,曾官军器少监、秘书省正字、校书郎等。有《蒲江词》。

江　城　子

画楼帘幕卷新晴,掩银屏,晓寒轻。坠粉飘香,日日唤愁生。暗数十年湖上路,能几度,著娉婷①。

年华空自感飘零,拥春酲②,对谁醒?天阔云闲,无处觅箫声。载酒买花年少事,浑不似,旧心情。

①娉婷:指歌女。　②春酲(chéng):在春天饮酒过度,沉醉如病。酲:病酒。

宴清都

初春

春讯飞琼管①。风日薄、度墙啼鸟声乱。江城次第②,笙歌翠合,绮罗香暖。溶溶涧渌冰泮③。醉梦里、年华暗换。料黛眉重锁隋堤,芳心还动梁苑④。

新来雁阔云音,鸾分鉴影,无计重见。啼春细雨,笼愁淡月,恁时庭院⑤。离肠未语先断,算犹有、凭高望眼。更那堪、芳草连天,飞梅弄晚。

①飞琼管:古人以芦苇灰塞入十二律管中,置密室内,以占气候。某一节候至,某管中的灰就飞出来。琼管:玉管。 ②次第:快速地。 ③渌:清澈。泮:融解。 ④梁苑:在今河南开封东南,汉梁孝王所筑,是游赏之所。 ⑤恁时:此时。

潘牥

潘牥(1205—1246),字庭坚,号紫岩,闽县(今属福建)人。端平二年(1235)进士,曾为太学正,通判潭州。赵万里辑有《紫岩词》一卷。

南 乡 子

题南剑州妓馆①

生怕倚阑干,阁下溪声阁外山。惟有旧时山共水,依然。暮雨朝云去不还。　　应是蹑飞鸾②,月下时时整佩环。月又渐低霜又下,更阑③。折得梅花独自看。

①南剑州:今福建南平。　②蹑:追随。　③更阑:更深,夜将尽。

陆　叡

陆叡（？—1266），字景思，号云西，会稽（今浙江绍兴）人。绍定五年（1232）进士，淳祐中沿江制置使参议。除礼部员外郎，崇政殿尚书。有词三首。

瑞　鹤　仙

湿云粘雁影。望征路愁迷，离绪难整。千金买光景，但疏钟催晓，乱鸦啼暝。花惊暗省①，许多情、相逢梦境。便行云、都不归来，也合寄将音信。

孤回。盟鸾心在②，跨鹤程高③，后期无准。情丝待剪，翻惹得，旧时恨。怕天教何处，参差双燕，还染残朱剩粉。对菱花、与说相思④，看谁瘦损。

①惊（cóng）：欢乐。省（xǐng）：明白。　②盟鸾：与鸾凤订盟约，指远离尘世。　③跨鹤：指飞升成仙。　④菱花：即镜子。

萧泰来

萧泰来,字则阳,号小山,临江(今江西清江)人。绍定二年(1229)进士,宝祐元年(1253)自起居郎出守隆兴府。曾为御史。有词二首。

霜天晓角

梅

千霜万雪,受尽寒磨折。赖是生来瘦硬,浑不怕、角吹彻①。　　清绝。影也别,知心惟有月。原没春风情性②,如何共、海棠说。

①角:军号,吹响时给人以寒冷感。　②春风情性:像桃李、海棠那样柔弱娇艳的情性。

吴文英

吴文英（1200？—1260？），字君特，号梦窗，四明（今浙江宁波）人。本姓翁，入继为吴氏子。毕生不仕，以布衣游于公卿间。有《梦窗甲乙丙丁稿》四卷。

霜叶飞

重 九

断烟离绪，关心事，斜阳红隐霜树。半壶秋水荐黄花，香嗼西风雨①。纵玉勒②、轻飞迅羽，凄凉谁吊荒台古③。记醉踏南屏④，彩扇咽、寒蝉倦梦，不知蛮素⑤。　　聊对旧节传杯，尘笺蠹管⑥，断阕经岁慵赋。小蟾斜影转东篱⑦，夜冷残蛩语。早白发、缘愁万缕，惊飙从卷乌纱去⑧。漫细将、茱萸看⑨，但约明年，翠微高处⑩。

①嗼（xùn）：喷。　②玉勒：玉制的马衔，代指马。　③荒台：南朝

宋武帝曾在重阳节登戏马台。台在彭城,是楚霸王项羽阅兵处。 ④南屏:在杭州,南屏晚钟为西湖十景之一。 ⑤蛮素:小蛮和樊素,泛指歌妓舞女。白居易诗:"樱桃樊素口,杨柳小蛮腰。" ⑥尘笺蠹管:被尘土封盖、蛀虫咬蚀的纸和笔,暗指久不赋诗作词。 ⑦小蟾:小月。 ⑧乌纱:古代官帽,在上朝及会见宾客等场合戴。后世代指官位、官职。 ⑨茱萸:一种植物,古人在重阳节佩带在身上,据说可以避邪。 ⑩翠微:指葱翠的青山。古人在重阳节要登高游赏,饮黄花酒。

宴　清　都

连理海棠①

绣幄鸳鸯柱②,红情密、腻云低护秦树③。芳根兼倚,花梢钿合④,锦屏人妒。东风睡足交枝⑤,正梦枕、瑶钗燕股⑥。障滟蜡⑦、满照欢丛,嫠蟾冷落羞度⑧。

人间万感幽单,华清惯浴⑨,春盎风露⑩。连鬟并暖⑪,同心共结,向承恩处。凭谁为歌长恨⑫,暗殿锁、秋灯夜语。叙旧期、不负春盟,红朝翠暮。

①连理:异根草木枝干连生。　②鸳鸯柱:指连理海棠。　③红情、腻云:

形容花之娇艳。秦树:秦中有双株海棠。 ④钿合:即钿盒,上下两扇密合。 ⑤交枝:枝杈相交。 ⑥瑶钗:玉钗。燕股:钗有两股,形如燕尾。 ⑦滟蜡:溶溶的烛光。 ⑧蟾(lí)蟾:指月亮。嫦娥无夫独居,故曰蟾。传说月中有蟾蜍,故以蟾代指月亮。 ⑨华清惯浴:指杨贵妃曾与唐玄宗浴于华清池。 ⑩盎:注满。 ⑪连鬟:女子所梳的双鬟,又叫同心结。 ⑫长恨:白居易《长恨歌》,描写唐玄宗与杨贵妃情事,二人曾有"在天愿为比翼鸟,在地愿为连理枝"的誓言。

齐 天 乐

烟波桃叶西陵路①,十年断魂潮尾。古柳重攀②,轻鸥聚别,陈迹危亭独倚。凉飔乍起③,渺烟碛飞帆④,暮山横翠。但有江花,共临秋镜照憔悴。　　华堂烛暗送客,眼波回盼处,芳艳流水。素骨凝冰,柔葱蘸雪⑤,犹忆分瓜深意。清尊未洗,梦不湿行云,漫沾残泪。可惜秋宵,乱蛩疏雨里。

①西陵:在钱塘江之西。此处桃叶、西陵都指所爱的女子。 ②攀:攀折。"柳"与"留"谐音,故古人在送别时要折柳表示依依不舍。 ③飔(sī):凉风。 ④烟碛:烟雾笼罩的沙洲。 ⑤柔葱:指女子的手指。

花　犯

郭希道送水仙索赋

小娉婷①，清铅素靥②，蜂黄暗偷晕③，翠翘敧鬓④。昨夜冷中庭，月下相认。睡浓更苦凄风紧，惊回心未稳。送晓色、一壶葱茜⑤，才知花梦准。　湘娥化作此幽芳⑥，凌波路，古岸云沙遗恨。临砌影，寒香乱、冻梅藏韵。熏炉畔、旋移傍枕，还又见、玉人垂绀鬓⑦。料唤赏、清华池馆⑧，台杯须满引⑨。

①娉婷：娇美貌。　②清铅素靥：形容水仙的白色花瓣。靥（yè）：酒窝。　③蜂黄：指水仙花的黄蕊。　④翠翘敧鬓：形容水仙的绿叶像女子头上斜插的翠玉首饰。　⑤葱茜（qiàn）：碧绿色。　⑥湘娥：湘江女神，即舜妃娥皇和女英。　⑦绀鬓（gàn zhěn）：青色的美发。绀：稍微带红的黑色。鬓：稠而黑的头发。　⑧清华：清美华丽。⑨台杯：大小重叠成套的杯子。

浣 溪 沙

门隔花深梦旧游,夕阳无语燕归愁。玉纤香动小帘钩①。　　落絮无声春堕泪,行云有影月含羞。东风临夜冷于秋。

①玉纤:指女子的手。

浣 溪 沙

波面铜花冷不收①,玉人垂钓理纤钩②。月明池阁夜来秋。　　江燕话归成晓别,水花红减似春休③。西风梧井叶先愁。

①铜花:即铜镜。此处比喻水波清澈平静如铜镜。　②玉人:美人。纤钩:指弯弯的月影。　③水花:荷花。春休:春暮。

点　绛　唇

试灯夜初晴①

卷尽愁云，素娥临夜新梳洗②。暗尘不起，酥润凌波地③。　　辇路重来④，仿佛灯前事。情如水，小楼熏被，春梦笙歌里。

①试灯：正月十五元夕大放花灯，正月十四日为试灯日。　②素娥：指月亮。　③酥润：像凝脂一样滋润。凌波地：指女子经过之处。　④辇：帝王所乘之车。辇路：帝王车驾经行的道路。

祝英台近

春日客龟溪游废园①

采幽香，巡古苑，竹冷翠微路。斗草溪根②，沙印小莲步③。自怜两鬓清霜，一年寒食，又身在、云山深处。　　昼闲度。因甚天也悭春④，轻阴便成雨。绿暗长亭，归梦趁风絮。有情花影阑干，莺声门径，解留我、霎时凝伫。

①龟溪：《德清县志》："龟溪古名孔愉泽，即余不溪之上流。昔孔愉见渔者得白龟于溪上，买而放之。"在今浙江德清县。　②斗草溪根：在溪水边玩斗草的游戏。　③小莲步：指女子小巧的脚印。　④悭春：吝啬春光。

祝英台近

除夜立春

剪红情，裁绿意①，花信上钗股②。残日东风，不放岁华去。有人添烛西窗，不眠侵晓，笑声转、新年莺语③。　旧尊俎④。玉纤曾擘黄柑⑤，柔香系幽素⑥。归梦湖边，还迷镜中路⑦。可怜千点吴霜，寒消不尽，又相对、落梅如雨。

①红情、绿意：剪彩为红花绿叶。　②花信：花的消息。上钗股：指把花插在头钗上。　③新年莺语：杜甫诗："莺入新年语。"此指西窗内佳人的莺声笑语。　④尊俎：尊盛酒,俎盛肉。此处代指宴席。　⑤擘（bāi）：同"掰"。　⑥幽素：幽情素心。　⑦镜中路：指湖水如镜，映照幽路。

澡兰香

淮安重午①

盘丝系腕②,巧篆垂簪③,玉隐绀纱睡觉④。银瓶露井⑤,彩箑云窗⑥,往事少年依约。为当时、曾写榴裙⑦,伤心红绡褪萼。黍梦光阴渐老,汀洲烟箬⑧。

莫唱江南古调,怨抑难招,楚江沉魄⑨。薰风燕乳,暗雨梅黄,午镜澡兰帘幕⑩。念秦楼、也拟人归,应剪菖蒲自酌⑪。但怅望、一缕新蟾⑫,随人天角。

①重午:农历五月五日端午节,又名浴兰令节。 ②盘丝:手腕上系五色丝线。 ③巧篆:头簪上插精巧的纸花。篆:指纸花盘曲如篆文。 ④"玉隐"句:玉人隐在天青色的纱帐中睡觉。 ⑤银瓶:银制的酒瓶或水瓶。此指宴席。 ⑥彩箑(shà):即彩扇。此指歌舞。 ⑦榴裙:即石榴裙。《宋书》载:"羊欣著白练裙昼寝,王献之诣之,书其裙数幅而去。" ⑧箬(ruò):初生的蒲草。 ⑨楚江沉魄:指屈原投江自尽。 ⑩午镜:水清如镜。澡兰:古代习俗,端午节要蓄兰沐浴,故端午节又名浴兰令节。 ⑪菖蒲:《荆楚岁时记》载:端午以菖蒲一寸九节者泛酒,以辟瘟气。菖蒲是一种水

生植物,根茎可作香料。 ⑫新蟾:新月。

风 入 松

听风听雨过清明,愁草瘗花铭①。楼前绿暗分携路,一丝柳、一寸柔情。料峭春寒中酒②,交加晓梦啼莺。

西园日日扫林亭,依旧赏新晴。黄蜂频扑秋千索,有当时、纤手香凝。惆怅双鸳不到③,幽阶一夜苔生。

①瘗(yì):埋葬。铭:墓志铭。庾信有《瘗花铭》文。 ②料峭:寒冷。中(zhòng)酒:病酒。 ③双鸳:指鞋。此指足迹。

莺 啼 序

春晚感怀

残寒正欺病酒①,掩沉香绣户。燕来晚、飞入西城,似说春事迟暮。画船载、清明过却,晴烟冉冉吴宫树②。念羁情游荡,随风化为轻絮。　　十载西湖,傍柳系马,趁娇尘软雾③。溯红渐、招入仙溪④,锦儿偷寄幽素⑤。倚银屏、春宽梦窄⑥，断红湿⑦、歌纨金缕⑧。暝堤空，轻把斜阳，总还鸥鹭。　　幽兰旋老，杜若还生，水乡尚寄旅。别后访、六桥无信⑨，事往花委⑩，瘗玉埋香，几番风雨。长波妒盼，遥山羞黛，渔灯分影春江宿。记当时、短楫桃根渡⑪。青楼仿佛，临分败壁题诗，泪墨惨淡尘土。　　危亭望极，草色天涯，叹鬓侵半苎⑫。暗点检、离痕欢唾，尚染鲛绡⑬，嚲凤迷归⑭，破鸾慵舞⑮。殷勤待写，书中长恨，蓝霞辽海沉过雁⑯。漫相思、弹入哀筝柱。伤心千里江南⑰，怨曲重招，断魂在否？

①病酒：饮酒沉醉如病。　②吴宫：杭州在五代时是吴越国都。王宫在凤凰山附近，宋室南渡后扩为行宫。　③娇尘软雾：形容西湖游乐之盛，连尘雾都极娇媚柔弱。　④溯红：沿着花溪逆行而上。仙溪：指桃源，刘晨、阮肇入天台采药遇仙之处。　⑤锦儿：钱塘名妓杨爱爱侍女。此指佳人侍婢。　⑥春宽梦窄：春长梦短，难得与佳人欢聚。　⑦断红湿：被眼泪打湿。　⑧歌纨：歌女演唱时手执之纨扇。金缕：金线绣成的华丽衣服。　⑨六桥：西湖苏堤上的六座桥。　⑩委：同"萎"，凋谢。　⑪桃根渡：即桃叶渡。桃根、桃叶事参见姜夔《琵琶仙》"双桨来时"注③。　⑫半苎（zhù）：半白。苎：麻类，色白，借指白发。　⑬鲛绡：水下鲛人所织

的薄绸。鲛人是传说中的水怪,喜织轻绡。见《述异志》。 ⑭ 軃(duǒ)凤:翅膀下垂的凤凰。軃:下垂貌。 ⑮ 破鸾:孤鸾。比喻离散之佳偶。 ⑯ 沉过雁:指音书断绝。 ⑰ "伤心"句:屈原《招魂》:"目极千里兮伤春心,魂兮归来哀江南。"表示对死去情人的悼念。

惜黄花慢

次吴江小泊,夜饮僧窗惜别。邦人赵簿携小妓侑尊①,连歌数阕,皆清真词②。酒尽,已四鼓,赋此词饯尹梅津③。

送客吴皋。正试霜夜冷,枫落长桥。望天不尽,背城渐杳,离亭黯黯,恨水迢迢。翠香零落红衣老④。暮愁锁、残柳眉梢。念瘦腰,沈郎旧日⑤,曾系兰桡⑥。

仙人凤咽琼箫。怅断魂送远,九辩难招⑦。醉鬟留盼,小窗剪烛,歌云载恨,飞上银霄。素秋不解随船去,败红趁、一叶寒涛⑧。梦翠翘⑨,怨鸿料过南谯⑩。

①侑尊:陪酒。 ②清真:周邦彦号清真居士。 ③尹梅津:名焕,字惟晓,山阴人。嘉定十年进士,自畿漕除右司郎官。 ④红衣:指荷花。

⑤沈郎：即沈约，他曾有"老病百日数旬，带革常应移孔"之叹。"瘦腰"即指此。　⑥兰桡：船的美称。　⑦九辩：指《楚辞·九辩》篇，屈原弟子宋玉所作。　⑧败红：指落叶。　⑨翠翘：本是女子的首饰，此指所思念的女子。　⑩南谯：南楼。

高　阳　台

落　梅

宫粉雕痕，仙云坠影，无人野水荒湾。古石埋香，金沙锁骨连环。南楼不恨吹横笛①，恨晓风、千里关山。半飘零，庭上黄昏，月冷阑干。　　寿阳空理愁鸾②。问谁调玉髓③，暗补香瘢④。细雨归鸿，孤山无限春寒。离魂难倩招清些⑤，梦缟衣⑥、解佩溪边⑦。最愁人，啼鸟晴明，叶底清圆。

①吹横笛：指笛曲《梅花落》。　②寿阳：寿阳公主，南朝宋武帝女，首为梅花妆。参见姜夔《疏影》"苔枝缀玉"注⑤。　③玉髓：指寿阳公主。　④香瘢：指落在公主额上的梅花。　⑤些：语尾词，无义。　⑥缟衣：白衣，此指穿白衣的佳人。　⑦解佩：参见晏殊《木兰花》"燕鸿过后莺归去"注②。

吴文英／239

高　阳　台

丰乐楼分韵得"如"字①

修竹凝妆,垂杨系马,凭阑浅画成图。山色谁题,楼前有雁斜书②。东风紧送斜阳下,弄旧寒、晚酒醒余。自销凝,能几花前,顿老相如③。　　伤春不在高楼上,在灯前攲枕④,雨外薰炉。怕舣游船⑤,临流可奈清癯⑥。飞红若到西湖底,搅翠澜、总是愁鱼⑦。莫重来,吹尽香绵,泪满平芜。

①丰乐楼:在杭州涌金门北,背山面湖,为登临胜地。分韵:限定以某字为韵。　②斜书:雁阵成字,像是在天上斜斜地书写。　③相如:司马相如,西汉著名词赋家。此处是作者自比相如。　④攲枕:斜倚枕头。　⑤舣(yǐ):使船靠岸。此处指乘船。　⑥癯(qú):瘦。　⑦翠澜:绿水。愁鱼:使鱼愁苦。

三 姝 媚

过都城旧居有感

湖山经醉惯。渍春衫①、啼痕酒痕无限。又客长安,叹断襟零袂②,涴尘谁浣③。紫曲门荒,沿败井、风摇青蔓。对语东邻,犹是曾巢,谢堂双燕④。
春梦人间须断。但怪得、当年梦缘能短⑤。绣屋秦筝,傍海棠偏爱,夜深开宴。舞歇歌沉,花未减、红颜先变。伫久河桥欲去,斜阳泪满。

①渍:沾染。 ②断襟零袂:残破的衣服。袂:衣袖。 ③涴(wò):弄脏。浣:洗。 ④谢堂双燕:唐刘禹锡《乌衣巷》诗:"旧时王谢堂前燕,飞入寻常百姓家。"表示对今昔盛衰的感慨。 ⑤能短:如此之短。

八声甘州

陪庚幕诸公游灵岩①

渺空烟四远,是何年、青天坠长星?幻苍厓云树,名娃金屋②,残霸宫城③。箭径酸风射眼④,腻水染花腥⑤。时靸双鸳响⑥,廊叶秋声⑦。　　宫里吴王沉醉,倩五湖倦客⑧,独钓醒醒⑨。问苍天无语⑩,华发奈山青。水涵空⑪、阑干高处,送乱鸦、斜日落渔汀。连呼酒,上琴台去,秋与云平⑫。

①庾幕:仓台幕僚。吴文英在绍定五年(1232)左右曾入苏州仓幕。灵岩:山名,在苏州市西,上有春秋时吴国遗迹。　②名娃:美女,此指西施。金屋:指馆娃宫,吴王夫差为西施所筑的宫苑。《越绝书》云:"吴人于研石山置馆娃宫。山顶有三池,曰月池,曰研池,曰玩花池,盖吴时所凿也。山上旧传有琴台,又有响屧廊,或曰鸣屧廊,廊以楩柟藉地,西子(施)行,则有声。故名。"　③残霸:指吴王夫差,他打败越国后曾企图争霸中原。　④箭径:溪名,即采香径。参见姜夔《庆宫春》"双桨莼波"注⑬。酸风:凉风。李贺诗:"东关酸风射眸子。"　⑤腻水:洗脂粉的水。花腥:花的气味。　⑥靸(sǎ):拖鞋。此处用作动词,指拖着拖鞋。双鸳:指鞋。　⑦廊:即鸣屧廊。　⑧五湖倦客:指范蠡,他辅佐越王勾践灭吴后,乘扁舟入五湖。　⑨独钓:指隐居江湖的生活。醒醒:清醒。　⑩苍天:一作"苍波"。　⑪水涵空:远水连空。　⑫秋与云平:满天秋色。

踏 莎 行

润玉笼绡①,檀樱倚扇②。绣圈犹带脂香浅③。榴心空叠舞裙红,艾枝应压愁鬟乱④。　　午梦千山,窗阴一箭。香瘢新褪红丝腕⑤。隔江人在雨声中,晚风菰叶生秋怨⑥。

①润玉:指女子的玉肌。　②檀樱:指女子的小嘴。　③绣圈:绣花的装饰。　④艾枝:端午节时头戴艾枝艾叶,据说可以避邪。　⑤红丝腕:《风俗通》载:五月五日以五彩丝线系在臂上,可以辟鬼辟兵。丝线又名长命缕或辟兵缕。　⑥菰:一种水生植物,春天的新芽叫茭白,秋天结果实叫菰米,可以煮饭。

瑞 鹤 仙

晴丝牵绪乱。对沧江斜日,花飞人远。垂杨暗吴苑①。正旗亭烟冷②,河桥风暖。兰情蕙盼③,惹相思、春根酒畔④。又争知、吟骨萦销⑤,渐把旧衫重剪。

凄断。流红千浪,缺月孤楼,总难留燕。歌尘凝扇,待凭信,拌分钿⑥。试挑灯欲写,还依不忍,笺幅偷和泪卷。寄残云、剩雨蓬莱⑦，也应梦见。

①吴苑：吴宫故苑。　②旗亭：市楼。　③兰情蕙盼：比喻浓厚美好的情谊。　④春根：春尾，暮春。　⑤萦销：日渐消瘦。　⑥分钿：代指情人离散。白居易《长恨歌》："钗擘黄金合分钿。"　⑦蓬莱：仙境。此指情人的住处。

鹧　鸪　天

化度寺作①

池上红衣伴倚阑②，栖鸦常带夕阳还。殷云度雨疏桐落，明月生凉宝扇闲。　乡梦窄，水天宽，小窗愁黛淡秋山③。吴鸿好为传归信，杨柳阊门屋数间④。

①化度寺：《杭州府志》云："化度寺在仁和县北江涨桥，原名水云，宋治平二年改。"　②红衣：指荷花。倚阑：指倚栏人。　③愁黛：愁眉。　④阊门：城门名，苏州城西门名阊门。此指所爱之人的居处。

夜 游 宫

人去西楼雁杳,叙别梦、扬州一觉①。云淡星疏楚山晓。听啼乌,立河桥,话未了。　雨外蛩声早,细织就、霜丝多少②。说与萧娘未知道③。向长安,对秋灯,几人老?

①扬州一觉:即扬州一梦。杜牧诗:"十年一觉扬州梦,赢得青楼薄幸名。"　②霜丝:指白发。　③萧娘:唐人泛称女子为萧娘。此指所思念的人。

青 玉 案

新腔一唱双金斗①,正霜落、分柑手。已是红窗人倦绣。春词裁烛,夜香温被,怕减银壶漏②。吴天雁晓云飞后,百感情怀顿疏酒。彩扇何时翻翠袖。歌边拌取,醉魂和梦,化作梅花瘦。

①金斗:酒器,带有长柄。　②怕减银壶漏:意谓怕时光流逝。

吴文英

贺 新 郎

陪履斋先生沧浪看梅①

乔木生云气。访中兴、英雄陈迹②,暗追前事。战舰东风悭借便③,梦断神州故里④。旋小筑、吴宫闲地⑤。华表月明归夜鹤⑥,叹当时、花竹今如此。枝上露,溅清泪。

遨头小簇行春队⑦。步苍苔、寻幽别坞,问梅开未?重唱梅边新度曲,催发寒梢冻蕊。此心与、东君同意⑧。后不如今今非昔,两无言、相对沧浪水。怀此恨,寄残醉。

①履斋先生:吴潜,字毅夫,号履斋,淳祐中为观文殿大学士,封庆国公。沧浪:即沧浪亭,在苏州府学东,初为吴越钱元璙池馆,后废为寺,寺后又废。北宋苏舜钦在苏州买水石,作沧浪亭于丘上。后为韩世忠别墅。 ②中兴:衰败后复兴叫中兴。此指南宋初年。英雄:指韩世忠,抗金名将,被解除兵权后优游湖山。 ③战舰东风:指韩世忠率兵在黄天荡大败金军。悭:吝啬。 ④神州故里:指中原故地。 ⑤吴宫闲地:指沧浪亭所在之地。 ⑥"华表"句:暗喻时光流逝,物是人非。参见王安石《千秋岁引》"别馆寒砧"注⑥。 ⑦遨头:太守。见《成都记》。 ⑧东君:原指春神,此指吴履斋。同意:心意相同。

唐多令

何处合成愁?离人心上秋①。纵芭蕉不雨也飕飕②。都道晚凉天气好,有明月,怕登楼。　年事梦中休③,花空烟水流。燕辞归、客尚淹留④。垂柳不萦裙带住⑤,漫长是,系行舟。

①心上秋:心上秋合成"愁"字。　②飕飕:凄凉的响声。　③年事:往事。　④客:客居他乡之人,此是作者自指。淹留:久留。曹丕《燕歌行》:"群燕辞归鹄南翔,念君客游多思肠。慊慊思归恋故乡,君何淹留寄他方?"　⑤裙带:借指行人。

吴文英

黄孝迈

黄孝迈,字德文,号雪舟,生平不详。尝从刘克庄游。有《雪舟长短句》,已佚。

湘春夜月

近清明,翠禽枝上消魂。可惜一片清歌,都付与黄昏。欲共柳花低诉,怕柳花轻薄,不解伤春。念楚乡旅宿,柔情别绪,谁与温存？　　空樽夜泣①,青山不语,残月当门②。翠玉楼前③,惟是有、一波湘水,摇荡湘云。天长梦短,问甚时、重见桃根④？这次第、算人间没个并刀,剪断心上愁痕。

①空樽:空酒杯。夜泣:形容相思之苦。　②残月:一作"残照"。
③翠玉楼:美丽的楼阁。　④桃根:王献之妾桃叶的妹妹。此指意中女子。

潘希白

潘希白，字怀古，号渔庄，永嘉（今浙江温州）人。宝祐元年（1253）进士，干办临安府节制司公事。德祐初年起为史馆检校，不赴。有词一首。

大　有

九　日

戏马台前①，采花篱下，问岁华、还是重九。恰归来、南山翠色依旧。帘栊昨夜听风雨②，都不似、登临时候。一片宋玉情怀③，十分卫郎清瘦④。　　红萸佩⑤、空对酒。砧杵动微寒，暗欺罗袖。秋已无多，早是败荷衰柳。强整帽檐敧侧⑥，曾经向、天涯搔首。几回忆、故国莼鲈⑦，霜前雁后。

①戏马台：在彭城，项羽阅兵处。南朝宋武帝曾在重阳日登临此台。　②栊：窗棂。　③宋玉情怀：悲秋情绪。宋玉在《九辩》中有"悲

哉秋之为气也"之句。　④卫郎:即卫玠。参见周邦彦《大酺》"对宿烟收"注⑩。　⑤红萸佩:古人在重阳节要佩戴茱萸,登高饮酒。　⑥帽檐敧侧:歪斜。　⑦故国莼鲈:用晋人张翰见秋风而返回故乡事。参见辛弃疾《水龙吟》"楚天千里清秋"注⑧。

黄公绍

黄公绍,字直翁,邵武(今福建邵武)人。咸淳元年(1265)进士,隐居樵溪。有《在轩词》。

青 玉 案①

年年社日停针线②。怎忍见、双飞燕。今日江城春已半。一身犹在,乱山深处,寂寞溪桥畔。　春衫著破谁针线?点点行行泪痕满。落日解鞍芳草岸。花无人戴,酒无人劝,醉也无人管。

①此词作者《全宋词》题为无名氏。　②社日:祭社神之日。有春秋二社,立春后五戊为春社,立秋后五戊为秋社。停针线:张邦基《墨庄漫录》:"今人家闺房,遇春秋社日,不作组训(编织和针线活儿),谓之忌作。"

朱嗣发

朱嗣发(1234—1304),字士荣,号雪崖,乌程(今浙江吴兴)人。专志奉亲,不谋仕进。宋亡,举充提举学官,不受。有词一首。

摸 鱼 儿

对西风、鬓摇烟碧,参差前事流水。紫丝罗带鸳鸯结,的的镜盟钗誓①。浑不记,漫手织回文②,几度欲心碎。安花著叶,奈雨覆云翻,情宽分窄③,石上玉簪脆。　　朱楼外,愁压空云欲坠,月痕犹照无寐。阴晴也只随天意,枉了玉消香碎。君且醉,君不见、长门青草春风泪④。一时左计⑤,悔不早荆钗,暮天修竹⑥,头白倚寒翠。

①的的:明白,昭著。镜盟钗誓:破镜折钗,发下最坚决的盟誓。　②回文:诗中字句,回环读之,无不成文。　③分(fèn):缘分。　④长门:汉宫名,陈皇后失宠后所居。参见辛弃疾《摸鱼儿》"更能消几番风雨"注④。　⑤左计:错计。　⑥暮天修竹:杜甫《佳人》诗:"天寒翠袖薄,日暮倚修竹。"

刘辰翁

刘辰翁（1232—1297），字会孟，号须溪，庐陵（今江西吉安）人。少从陆九渊学。景定三年（1262）廷试对策，以鲠直敢言忤权相贾似道，被置于丙等。以亲老请为濂溪书院山长。宋亡后隐居不仕。有《须溪词》一卷，《补遗》一卷。

兰 陵 王

丙子送春①

送春去，春去人间无路。秋千外、芳草连天，谁遣风沙暗南浦②。依依甚意绪？漫忆海门飞絮③。乱鸦过，斗转城荒④，不见来时试灯处⑤。　　春去，谁最苦？但箭雁沉边⑥，梁燕无主，杜鹃声里长门暮⑦。想玉树凋土⑧，泪盘如露⑨。咸阳送客屡回顾⑩，斜日未能度。　　春去，尚来否？正江令恨别，庾信愁赋⑪。苏堤尽日风和雨。叹神游故国，花记前度。人生流落，顾孺子⑫，共夜语。

①丙子：宋恭帝德祐二年，即宋端宗景炎元年（1276）。这年二月元军占领南宋京城临安（今杭州），把投降了的南宋君臣押送到北方。此词作于当年暮春，用"春去"象征南宋的灭亡。　②风沙暗南浦：比喻锦绣山河被敌人践踏。风沙：比喻敌人。南浦：风景美好的水乡，借指南宋的大好河山。　③海门飞絮：临安沦陷，南宋的宗室、官吏、军队多从海上逃亡。　④斗转：北斗星转移了位置，表示时序已晚。　⑤试灯：张灯。⑥箭雁：受伤的大雁。暗喻被带往北方的南宋君臣。　⑦长门：汉宫名，后世常用以暗指冷宫。此指南宋故宫。　⑧玉树凋土：故宫衰败荒凉，珍花佳木都凋谢了。　⑨泪盘如露：汉武帝铸铜人手捧承露盘，接得露水，和玉屑饮之以成仙。见《三辅故事》。魏明帝时派人取承露铜仙人，欲立置前殿。据说仙人临载，乃潸然泪下，故说"泪盘如露"。　⑩"咸阳"句：用仙人不忍离开故地暗指被迫北行的人们对故国恋恋不舍。　⑪"正江令恨别"两句：作者原注："二人皆北去。"江令：指江淹，有《别赋》。庾信有《愁赋》，已佚；其《哀江南赋》辞情愁苦。　⑫孺子：小孩。此指作者的儿子。

宝　鼎　现

春　月

　　红妆春骑①，踏月影、竿旗穿市②。望不尽、楼台歌舞，习习香尘莲步底③。箫声断，约彩鸾归去④，未怕金吾呵醉⑤。甚辇路喧阗且止⑥，听得念奴歌起⑦。

　　父老犹记宣和事⑧，抱铜仙、清泪如水⑨。还转盼、沙河多丽⑩。滉漾明光连邸第⑪，帘影冻、散红光成绮。月浸葡萄十里⑫，看往来神仙才子⑬，肯把菱花扑碎⑭。

　　肠断竹马儿童⑮，空见说、三千乐指⑯。等多时、春不归来，到春时欲睡。又说向灯前拥髻，暗滴鲛珠坠⑰。便当日亲见霓裳⑱，天上人间梦里。

①红妆：代指妇女。春骑（jì）：游春的人所骑之马，代指游人。②竿旗：悬在竿上的旗。　③习习：尘土飞扬貌。莲步：指美人的脚。④彩鸾：仙女。此指游女。　⑤"未怕"句：古代元宵节不禁夜，故云。金吾：即执金吾，负责街市治安。⑥甚辇路：正在皇家车骑经过的道路上。喧阗（tián）：人声嘈杂。　⑦念奴：唐玄宗天宝年间的歌女。此指歌女。　⑧宣和：北宋徽宗年号。　⑨"抱铜仙"两句：暗伤亡国。参见刘

刘辰翁

辰翁《兰陵王》"送春去"注⑨。　⑩沙河：即沙河塘，在钱塘（杭州）南五里，南宋时十分繁华。多丽：美丽。　⑪混漾：耀眼。　⑫葡萄：形容西湖水的深碧色。　⑬神仙：指美女。　⑭菱花：镜子。菱花扑碎：指把幸福的生活毁掉。孟棨《本事诗》载：南朝陈亡，乐昌公主与丈夫徐德言将镜子打破，各执一半，以为日后相会相认之凭证。　⑮竹马：拿竹竿当马骑。　⑯三千乐指：三百人的乐队。指：手指。　⑰鲛珠：《述异记》："南海中有鲛人室，水居如鱼，不废机杼。其眼能泣，则出珠。"后以鲛珠指眼泪。　⑱霓裳：即《霓裳羽衣曲》，唐玄宗时流行的歌舞曲。

永　遇　乐

余自乙亥上元①，诵李易安《永遇乐》②，为之涕下。今三年矣，每闻此词，辄不自堪，遂依其声③，又托之易安自喻，虽辞情不及，而悲苦过之。

璧月初晴④，黛云远淡⑤，春事谁主？禁苑娇寒⑥，湖堤倦暖，前度遽如许⑦。香尘暗陌，华灯明昼，长是懒携手去。谁知道、断烟禁夜⑧，满城似愁风雨。
宣和旧日⑨，临安南渡⑩，芳景犹自如故。细毡流离⑪，风鬟三五⑫，能赋词最苦。江南无路，鄜州今夜⑬，此苦又谁知否？空相对、残釭无寐⑭，满村社鼓。

①乙亥上元：宋恭帝德祐元年（1275）的元宵节。 ②李易安：李清照号易安居士。 ③依其声：依照李清照原词的声韵填词。 ④璧月：圆月。璧：圆形的玉。 ⑤黛云：青黑色的薄云。 ⑥娇寒：轻寒。 ⑦"前度"句：再来临安时，局势竟变得如此之快。 ⑧断烟禁夜：炊烟断了，人民稀少，城里还实行宵禁。 ⑨宣和旧日：指北宋末年汴京的繁华盛况。⑩临安南渡：北宋亡后，宋室南渡，在临安（今杭州）建立小朝廷，也很繁华热闹。 ⑪缃帙：浅黄色的书套，代指图书。流离：散失。李清照夫妇收藏的珍本书籍在南渡后大都失落，故有此说。 ⑫风鬟三五：李清照《永遇乐》词中有"如今憔悴，风鬟雾鬓，怕见夜间出去"句。三五：即正月十五。 ⑬鄜（fū）州：杜甫《月夜》诗："今夜鄜州月，闺中只独看。"暗示与亲人离散。 ⑭残釭：残灯。

摸 鱼 儿

酒边留同年徐云屋①

怎知他、春归何处,相逢且尽尊酒。少年裊裊天涯恨,长结西湖烟柳。休回首,但细雨断桥②,憔悴人归后。东风似旧,问前度桃花,刘郎能记③,花复认郎否? 君且住,草草留君剪韭④,前宵正恁时候。深杯欲共歌声滑,翻湿春衫半袖。空眉皱,看白发尊前,已似人人有。临分把手,叹一笑论文,清狂顾曲,此会几时又?

①同年:科举同榜的人。 ②断桥:西湖一景。 ③刘郎:刘禹锡《再游玄都观》诗:"种桃道士归何处?前度刘郎今又来。" ④剪韭:杜甫《赠卫八处士》诗:"夜雨剪春韭,新炊间黄粱。"此指小酌。

周　密

周密(1232—1298),字公谨,号草窗,济南(今山东济南)人,流寓浙江吴兴,居弁山,自号弁阳啸翁、四水潜夫。曾为义乌令,入元后不仕而终。有《草窗词》《蘋州渔笛谱》《齐东野语》《武林旧事》等传于世。

瑶　花　慢

后土之花,天下无二本[①]。方其初开,帅臣以金瓶飞骑进之天上[②],间亦分致贵邸[③]。余客辇下,有以一枝……(下缺)

朱钿宝玦[④],天上飞琼,比人间春别。江南江北,曾未见、漫拟梨云梅雪。淮山春晚,问谁识、芳心高洁。消几番、花落花开,老了玉关豪杰。　　金壶剪送琼枝,看一骑红尘[⑤],香度瑶阙[⑥]。韶华正好,应自喜、初识长安蜂蝶。杜郎老矣[⑦],想旧事、花须能说。记少年、一梦扬州,二十四桥明月[⑧]。

①后土之花:指扬州后土祠旁的琼花,天下只此一株,士大夫非常爱重,作亭花侧,题曰"无双"。德祐二年(1276),元军至扬州,此花便不再开。 ②天上:指皇帝。 ③分致贵邸:将琼花分枝植种在各个富贵人家的宅院里。 ④朱钿宝玦:形容琼花如金雕玉琢而成。 ⑤一骑红尘:杜牧《过华清宫》诗:"一骑红尘妃子笑,无人知是荔枝来。"此指飞骑向元朝皇上进献琼枝。 ⑥瑶阙:仙宫。此指朝廷。 ⑦杜郎:唐诗人杜牧。此是作者自指。 ⑧二十四桥:在扬州。杜牧《寄扬州韩绰判官》:"二十四桥明月夜,玉人何处教吹箫。"

玉 京 秋

长安独客,又见西风,素月、丹枫,凄然其为秋也,因调夹钟羽一解①。

烟水阔,高林弄残照,晚蜩凄切②。碧砧度韵,银床飘叶③。衣湿桐阴露冷,采凉花、时赋秋雪④。叹轻别,一襟幽事,砌蛩能说⑤。　　客思吟商还怯,怨歌长、琼壶暗缺⑥。翠扇恩疏,红衣香褪,翻成消歇。玉骨西风,恨最恨、闲却新凉时节。楚箫咽,谁寄西楼淡月⑦。

①夹钟羽:乐调名。解:乐曲的章节。 ②蜩(tiáo):即蝉。 ③银床:井栏如银,故称银床。 ④秋雪:指芦花。 ⑤砌蛩:指蝉。 ⑥琼壶暗缺:用晋人王敦酒后咏诗击壶事。参见周邦彦《浪淘沙慢》"昼阴重"注⑦。 ⑦寄:一作倚。

曲　游　春

禁烟湖上薄游①,施中山赋词甚佳②,余因次其韵。盖平时游舫,至午后则尽入里湖,抵暮始出,断桥小驻而归,非习于游者不知也。故中山亟击节余"闲却半湖春色"之句③,谓能道人之所未云。

禁苑东风外④,飏暖丝晴絮⑤,春思如织。燕约莺期,恼芳情偏在,翠深红隙。漠漠香尘隔,沸十里、乱弦丛笛。看画船,尽入西泠⑥,闲却半湖春色。

柳陌,新烟凝碧。映帘底宫眉⑦,堤上游勒⑧。轻暝笼寒,怕梨云梦冷,杏香愁幂⑨。歌管酬寒食,奈蝶怨、良宵岑寂。正满湖、碎月摇花,怎生去得!

①禁烟:指寒食节。 ②施中山:施岳,字中山,吴人。 ③亟:屡次。击节:用手或拍板打拍子。此指赞赏。 ④禁苑:皇家园林。南宋都临安,西湖一带因而称为禁苑。 ⑤飏(yáng):飞扬,飘扬。 ⑥西泠:桥名,在西湖。 ⑦帘底宫眉:楼中美人。宫眉:画着宫中眉样。此指女子。 ⑧堤上游勒:堤上骑马的游人。 ⑨愁幂:被愁笼罩。

花　犯

赋水仙

楚江湄①,湘娥乍见②,无言洒清泪。淡然春意。空独倚东风,芳思谁寄?凌波路冷秋无际,香云随步起。漫记得、汉宫仙掌③,亭亭明月底。　　冰弦写怨更多情④,骚人恨,枉赋芳兰幽芷⑤。春思远,谁叹赏、国香风味⑥。相将共、岁寒伴侣。小窗净、沉烟薰翠袂⑦。幽梦觉,涓涓清露,一枝灯影里。

①湄:岸边。 ②湘娥:湘水女神,即湘妃。此喻水仙花。 ③汉宫仙掌:指汉武帝所铸的仙人承露盘,亦称仙掌。 ④冰弦:指琴弦。 ⑤芳兰幽芷:泛指芳香宜人的香草。 ⑥国香:原指兰香,此处指水仙花香。 ⑦沉烟:即沉香,古人用以熏衣以去湿气,并增添芳香气味,此处形容水仙的香气。

蒋　捷

蒋捷，字胜欲，号竹山，阳羡（今江苏宜兴）人。咸淳十年（1274）进士。入元后隐居不仕。有《竹山词》一卷。

贺　新　郎

梦冷黄金屋①。叹秦筝、斜鸿阵里②，素弦尘扑。化作娇莺飞归去，犹认纱窗旧绿。正过雨、荆桃如菽③。此恨难平君知否，似琼台、涌起弹棋局④。消瘦影，嫌明烛。　　鸳楼碎泻东西玉⑤。问芳悰⑥、何时再展，翠钗难卜。待把宫眉横云样，描上生绡画幅。怕不是、新来妆束。彩扇红牙今都在⑦，恨无人、解听开元曲⑧。空掩袖，倚寒竹。

①黄金屋：汉武帝年幼时曾说要筑金屋以贮阿娇。　②斜鸿阵里：筝柱斜列，如同雁行，亦称雁柱。　③荆桃：樱桃。菽：豆。　④弹棋局：弹棋是古代一种博戏，据说汉武帝时已有。此处借喻世事变幻不定如棋局变化无常。　⑤东西玉：即玉东西，盛酒之器。　⑥芳悰：开朗的情

绪。 ⑦红牙:红色牙板,唱歌时用来按节拍。 ⑧开元曲:盛唐歌曲。开元:唐玄宗年号。

女 冠 子

元 夕

蕙花香也,雪晴池馆如画。春风飞到,宝钗楼上①,一片笙箫,琉璃光射②。而今灯漫挂。不是暗尘明月③,那时元夜。况年来、心懒意怯,羞与娥儿争耍④。

江城人悄初更打。问繁华谁解,再向天公借。剔残红炧⑤,但梦里隐隐、钿车罗帕⑥。吴笺银粉砑⑦。待把旧家风景,写成闲话。笑绿鬟邻女,倚窗犹唱,夕阳西下。

①宝钗楼:指歌楼舞榭。 ②琉璃:指用五色琉璃制成的彩灯。 ③暗尘明月:形容宋亡以前元夕热闹繁华的景象。唐苏味道《正月十五夜》:"暗尘随马去,明月逐人来。" ④蛾儿:妇人所戴的彩花。 ⑤炧(xiè):烛灰。 ⑥钿车罗帕:华丽的车上歌女用香罗手帕与游人招呼。 ⑦吴笺:吴地出产的笺纸,很有名。银粉砑(yà):有光泽的银粉纸。砑:碾压使光亮。

张 炎

张炎(1248—1320?),字叔夏,号玉田,又号乐笑翁,其先世为凤翔(今陕西凤翔)人,寓居临安(今杭州)。出身世家,宋亡后资产丧失,潜迹不仕,纵游浙东、苏州一带,落拓以终。有《山中白云词》八卷。

高 阳 台

西湖春感

接叶巢莺①,平波卷絮,断桥斜日归船②。能几番游?看花又是明年。东风且伴蔷薇住,到蔷薇、春已堪怜。更凄然,万绿西泠③,一抹荒烟。　　当年燕子知何处④?但苔深韦曲⑤,草暗斜川⑥。见说新愁,如今也到鸥边。无心再续笙歌梦,掩重门、浅醉闲眠。莫开帘,怕见飞花,怕听啼鹃。

①接叶:树叶浓密彼此相接。杜甫诗:"接叶暗巢莺。"　②断桥:在孤

山侧,"断桥残雪"为西湖十景之一。　③西泠:西湖桥名。　④当年燕子:刘禹锡《乌衣巷》:"旧时王谢堂前燕,飞入寻常百姓家。"指昔日贵族已没落。　⑤韦曲:在长安城南,是唐代世家韦姓世居之地。　⑥斜川:在江西星子、都昌二县间,陶渊明有《游斜川》诗。

八声甘州

辛卯岁①,沈尧道同余北归,各处杭、越②。逾岁,尧道来问寂寞,语笑数日,又复别去。赋此曲,并寄赵学舟③。

记玉关④、踏雪事清游,寒气脆貂裘。傍枯林古道,长河饮马,此意悠悠。短梦依然江表⑤,老泪洒西州⑥。一字无题处,落叶都愁。　载取白云归去⑦,问谁留楚佩⑧,弄影中洲⑨。折芦花赠远,零落一身秋。向寻常野桥流水,待招来、不是旧沙鸥。空怀感,有斜阳处,却怕登楼。

①辛卯岁:元世祖至元二十八年(1291)。沈尧道:名钦,作者的词友。　②各处杭、越:沈钦居杭,张炎居越(今绍兴)。　③赵学舟:名与

仁，作者友人。　④玉关：原指玉门关，此处泛指边地。　⑤"短梦"句：是说北游匆促，犹如一场短梦，醒来依然身在江南。江表：江南。　⑥西州：古城名，在今南京市西。《晋书·谢安传》载：谢安曾扶病入西州城门。他死后，其外甥羊昙伤痛至极，不过此门。一日大醉，不觉至此，一恸而去。此处借羊昙事寄家国之恨。　⑦"载取"句：指沈尧道来访后又复归去。　⑧楚佩：湘夫人的佩玉。《楚辞·湘君》："捐余玦兮江中，遗余佩兮澧浦。"此处表示友情。　⑨弄影中洲：《楚辞·湘君》："搴谁留兮中洲？"表示对朋友的怀念。

解　连　环

孤　雁①

楚江空晚。怅离群万里，恍然惊散②。自顾影、欲下寒塘，正沙净草枯，水平天远。写不成书③，只寄得、相思一点。料因循误了，残毡拥雪④，故人心眼。

谁怜旅愁荏苒⑤。漫长门夜悄⑥，锦筝弹怨。想伴侣、犹宿芦花，也曾念春前，去程应转。暮雨相呼，怕蓦地⑦、玉关重见。未羞他、双燕归来⑧，画帘半卷。

①孤雁：此词借写孤雁离群之悲，寄托亡国之痛，张炎因此词而被称为"张孤雁"。 ②恍然：惆怅失意状。 ③写不成书：雁群行空时列队如字，而孤雁飞翔则孑然一点。 ④残毡拥雪：指苏武被困匈奴，吞雪食毡以求生，后得以生还。事见《汉书·苏武传》。 ⑤荏苒：连绵不断。 ⑥长门夜悄：长门：汉宫名，后为冷宫的代称。杜牧《咏雁》诗："长门灯暗数声来。" ⑦蓦地：忽然。 ⑧"未羞他"两句：设想孤雁归群后的喜悦心情，那时遇到双双飞燕自己就不会自惭孤独了。

疏　　影①

咏荷叶

碧圆自洁，向浅洲远渚，亭亭清绝。犹有遗簪②，不展秋心，能卷几多炎热？鸳鸯密语同倾盖③，且莫与、浣纱人说④。恐怨歌、忽断花风，碎却翠云千叠。

回首当年汉舞，怕飞去、漫皱留仙裙摺⑤。恋恋青衫，犹染枯香，还叹鬓丝飘雪。盘心清露如铅水⑥，又一夜、西风吹折。喜静看、匹练秋光⑦，倒泻半湖明月。

①本词又题作"绿意"。作者原序："'疏影''暗香'，姜白石为梅著语，

因易之曰'红情''绿意',以荷花荷叶咏之。" ②遗簪:游女遗落的簪子。 ③倾盖:此指荷叶相交接。 ④浣纱人:洗纱的女子。郑谷诗:"多谢浣沙人未折,雨中留得盖鸳鸯。" ⑤"回首"三句:《赵后外传》载,赵飞燕歌归风送远之曲,汉成帝以文犀箸击玉瓯。酒酣风起,飞燕扬袖曰:"仙乎仙乎,去故而就新。"帝令左右持其裙。久之,风止,裙为之皱。飞燕曰:"帝恩我,使我仙去不得。"他日,宫姝或襞裙为皱,号留仙裙。 ⑥盘心清露:落在荷叶中心的露水。 ⑦匹练:一匹白绢。此处形容天河。

月　下　笛

孤游万竹山中①,闲门落叶,愁思黯然,因动黍离之感②。时寓甬东积翠岩舍③。

万里孤云,清游渐远,故人何处?寒窗梦里,犹记经行旧时路。连昌约略无多柳④,第一是、难听夜雨。漫惊回凄悄,相看烛影,拥衾谁语?　张绪⑤,归何暮!半零落,依依断桥鸥鹭。天涯倦旅,此时心事良苦。只愁重洒西州泪⑥,问杜曲、人家在否⑦?恐翠袖、正天寒,犹倚梅花那树。

①万竹山：《赤城志》载："万竹山在（天台）县西南四十五里，绝顶曰新罗，九峰回环，道极险隘。岭上丛薄敷秀，平旷幽窈，自成一村。"②黍离：《诗经》有《黍离》篇，据说是西周亡后，周大夫过故宗庙宫室，尽为禾黍，彷徨不忍去，乃作此诗。后用为感慨亡国触景生情之辞。③甬东：今浙江定海县。 ④连昌：唐代别宫名，故址在今河南宜阳，内多植柳。约略：大约。 ⑤张绪：南齐吴郡人，字思曼，官至国子祭酒。风姿清雅，武帝置蜀柳于灵和殿前，尝曰："此柳风流可爱，似张绪当年。" ⑥西州泪：参见张炎词《八声甘州》"记玉关"注⑥。 ⑦杜曲：在长安县南，唐代杜氏世居于此，故名。杜曲人家：此指宋氏贵族。

渡 江 云

山阴久客①，一再逢春，回忆西杭，渺然愁思②。

山空天入海，倚楼望极，风急暮潮初。一帘鸠外雨③，几处闲田，隔水动春锄。新烟禁柳④，想如今、绿到西湖。犹记得、当年深隐，门掩两三株。　　愁余。荒洲古溆⑤，断梗疏萍，更漂流何处。空自觉、围羞带减⑥，影怯灯孤。常疑即见桃花面⑦，甚近来、翻笑无书。书纵远,如何梦也都无。

①山阴久客:张炎自辛卯(1291)南归,至己亥(1299)回杭州以前,多客居山阴(绍兴)。 ②渺然:微远貌。 ③鸠外雨:在鸠鸟鸣叫声中雨不停地下着。 ④新烟:寒食节后改火,故曰新烟。禁柳:此指杭州南宋故宫中的柳树。 ⑤溆:水岸。 ⑥围羞带减:人瘦腰细,带眼缩减。 ⑦桃花面:指意中女子。

王沂孙

王沂孙(1240?—1310?),字圣与,号碧山,又号中仙,会稽(今浙江绍兴)人。宋亡后做过元朝庆元路学正。与周密交好,结社西湖,时相酬唱。有词集《碧山乐府》(又名《花外集》)。

天 香

龙 涎 香①

孤峤蟠烟②,层涛蜕月③,骊宫夜采铅水④。汛远槎风⑤,梦深薇露⑥,化作断魂心字⑦。红瓷候火⑧,还乍识、冰环玉指⑨。一缕萦帘翠影⑩,依稀海天云气。

几回殢娇半醉⑪,剪春灯、夜寒花碎。更好故溪飞雪,小窗深闭。荀令如今顿老⑫,总忘却、樽前旧风味。漫惜余熏,空篝素被⑬。

①龙涎香:即抹香鲸香,产于海中,为名贵香料。《岭南杂志》载:"出

大食国四海之中,上有云气罩护,则下有龙蟠洋中大石,卧而吐涎,飘浮水面,为太阳所烁,凝结而坚,轻若浮石,用以和众香,焚之,能聚香烟,缕缕不散。" ②孤峤:孤岛。 ③层涛蜕月:月光在波涛吞吐的海面上明灭闪烁。 ④骊宫:骊龙居住处。铅水:指龙涎。 ⑤汛远槎风:海船乘风而来。汛:水盛貌。槎:木筏。 ⑥薇露:蔷薇花露,调制龙涎香的配料。 ⑦心字:指心字香,用香末萦篆成心字。 ⑧候火:及时适度的火。 ⑨冰环玉指:美人戴着玉环的手指。 ⑩翠影:绿色的香烟。 ⑪殢娇:形容女子神态娇慵。 ⑫荀令:荀彧,东汉末为尚书令,爱香成癖。《襄阳记》载:"荀令君至人家坐幕,三日香气不歇。" ⑬篝:熏笼。

眉　妩

新　月

　　渐新痕悬柳,淡彩穿花,依约破初暝①。便有团圆意,深深拜②,相逢谁在香径?画眉未稳③,料素娥、犹带离恨④。最堪爱、一曲银钩小⑤,宝帘挂秋冷。

　　千古盈亏休问!叹慢磨玉斧⑥,难补金镜⑦。太液池犹在⑧,凄凉处、何人重赋清景。故山夜永,试待他、窥户端正⑨。看云外山河⑩,还老尽、桂花影⑪。

①初暝：初夜。　②拜：拜月以祈福。　③画眉未稳：形容新月像尚未画好的弯眉。　④素娥：嫦娥。　⑤银钩：比喻新月如帘钩。　⑥慢磨玉斧：用玉斧修月典故。《酉阳杂俎》载，月为七宝合成，常有八万二千户以斧修之。　⑦金镜：指月亮。　⑧太液池：汉、唐宫中池名，借指宋朝宫苑。北宋卢多逊《咏月》诗："太液池头月上时，晚风吹动万年枝。何人玉匣开金镜，露出清光些子儿。"此处把北宋的繁盛景象与亡国惨状作对比。　⑨端正：指圆月。　⑩云外山河：《酉阳杂俎》云，月中阴影为大地山河的影子。此处暗指沦陷的大好河山。　⑪桂花影：即月影。此谓只有在月亮里还留着山河的旧影。

齐　天　乐

蝉

一襟余恨宫魂断①，年年翠阴庭树。乍咽凉柯②，还移暗叶，重把离愁深诉。西窗过雨，怪瑶珮流空③，玉筝调柱④。镜暗妆残，为谁娇鬟尚如许⑤？　铜仙铅泪似洗，叹携盘去远，难贮零露。病翼惊秋，枯形阅世⑥，消得斜阳几度。余音更苦！甚独抱清商⑦，顿成凄楚。漫想薰风⑧,柳丝千万缕。

①一襟:满怀。宫魂断:指蝉声凄厉。马缟《中华古今注》:"昔齐后忿而死,尸变为蝉,登庭树嘒唳而鸣。王悔恨。故世名蝉为齐女焉。""宫魂"本此。 ②乍咽凉柯:刚刚在枝头上悲鸣。凉柯:指秋天的树枝。 ③瑶珮流空:蝉声如玉佩之声在空中流响。 ④玉筝调柱:调弄筝上的弦柱,即弹筝。 ⑤娇鬟:借喻蝉翼的娇美,如女子的鬟发。 ⑥枯形阅世:枯干的形骸还留在世上经历时世沧桑。这是作者借蝉自比,暗寓其亡国之悲。 ⑦清商:哀怨凄清的调子。 ⑧薰风:南风,指夏天,是蝉的黄金季节。

高 阳 台

和周草窗《寄越中诸友》韵①

残雪庭阴,轻寒帘影,霏霏玉管春葭②。小帖金泥③,不知春在谁家。相思一夜窗前梦,奈个人④、水隔天遮。但凄然,满树幽香,满地横斜。　　江南自是离愁苦,况游骢古道⑤,归雁平沙。怎得银笺,殷勤与说年华。如今处处生芳草,纵凭高、不见天涯⑥。更消他,几度东风,几度飞花。

①周草窗：即周密。 ②玉管春葭：测试季节的器具。参见卢祖皋《宴清都》"春讯飞琼管"注①。葭：芦苇。 ③小帖金泥：古时风俗，立春日在金泥帖上写"宜春"二字，或题诗句，贴于门上。 ④个人：那个人。 ⑤游骢：游人的马。 ⑥不见天涯：宋李觏《思乡》诗："人言落日是天涯，望极天涯不见家。"

法曲献仙音

聚景亭梅次草窗韵

层绿峨峨①，纤琼皎皎②，倒压波痕清浅。过眼年华，动人幽意，相逢几番春换。记唤酒寻芳处，盈盈褪妆晚。　　已销黯。况凄凉、近来离思，应忘却、明月夜深归辇③。荏苒一枝春④，恨东风、人似天远。纵有残花，洒征衣、铅泪都满。但殷勤折取，自遣一襟幽怨。

①层绿：指绿梅。峨峨：高貌。 ②纤琼：细玉，指白梅。 ③辇：皇帝所乘之车。 ④荏苒：渐渐过去。

彭元逊

彭元逊,字巽吾,庐陵(今江西吉安)人。生平不详。

疏　　影①

寻梅不见

江空不渡,恨蘼芜杜若②,零落无数。远道荒寒,婉娩流年③,望望美人迟暮。风烟雨雪阴晴晚,更何须,春风千树。尽孤城、落木萧萧,日夜江声流去。

日晏山深闻笛,恐他年流落,与子同赋。事阔心违,交淡媒劳④,蔓草沾衣多露。汀洲窈窕余醒寐,遗佩浮沉澧浦⑤。有白鸥淡月,微波寄语,逍遥容与⑥。

①本词《全宋词》题作《解佩环》,同调异名。　②蘼芜杜若:两种香草。　③婉娩:原指天气温和,此指连绵不断。　④媒劳:《楚辞·九歌》:"心不同兮媒劳,恩不甚兮轻绝。"媒劳,使媒人来回奔忙,可见当事人双方交情淡薄。　⑤澧浦:澧水岸边。澧:水名,即醴水。《楚辞·九歌》:"遗余佩兮醴浦。"　⑥逍遥容与:逍遥而游,从容而戏。容与:安逸自得的样子。《楚辞·九歌》:"聊逍遥兮容与。"

六 丑

杨 花

似东风老大①，那复有、当时风气。有情不收，江山身是寄②。浩荡何世？但忆临官道，暂来不住，便出门千里。痴心指望回风坠，扇底相逢，钗头微缀。他家万条千缕③，解遮亭障驿，不隔江水。　瓜洲曾舣④，等行人岁岁。日下长秋⑤，城乌夜起。帐庐好在春睡，共飞归湖上，草青无地。愔愔雨⑥、春心如腻，欲待化、丰乐楼前帐饮，青门都废⑦。何人念、流落无几。点点抟作，雪绵松润⑧，为君裛泪⑨。

①东风老大：指春暮。　②寄：暂时寄居。　③万条千缕：指柳枝。　④舣：移船靠岸。　⑤长秋：宫名，皇后所居。此处泛指宫舍。　⑥愔愔（yīn）：和悦安闲。此指绵软柔细的春雨。　⑦青门：古长安城门名，门外出好瓜。《三辅黄图》载，广陵人邵平原为秦东陵侯，秦亡后为布衣，种瓜青门外。　⑧"点点"句：指杨花相互粘连，团成雪丝一样洁白松软的球块。　⑨裛（yì）：沾湿。

姚云文

姚云文,字圣瑞,号江村,高安(今江西高安)人。咸淳四年(1268)进士,官兴县尉。入元后授承直郎,抚、建两路儒学提举。有《江村遗稿》,今佚。

紫萸香慢

近重阳、偏多风雨,绝怜此日暄明。问秋香浓未,待携客、出西城。正自羁怀多感,怕荒台高处①,更不胜情②。向尊前、又忆漉酒插花人③。只座上、已无老兵④。　　凄清。浅醉还醒,愁不肯、与诗平。记长楸走马⑤,雕弓搾柳⑥,前事休评。紫萸一枝传赐⑦,梦谁到、汉家陵。尽乌纱、便随风去⑧,要天知道,华发如此星星⑨。歌罢涕零。

①荒台:见吴文英《霜叶飞》"断烟离绪"注③。　②不胜情:不堪忍受羁旅穷愁的情绪。　③漉酒:过滤酒中糟渣。萧统《陶渊明传》载,陶渊明曾用葛巾漉酒。　④老兵:《晋书》载,谢奕曾逼桓温饮酒,桓温逃避

开去。谢奕于是拉住桓温部下一名兵帅共饮,并说:"失一老兵,得一老兵。"此指酒友。 ⑤长楸:古时常在路旁种植高大的楸木,绵延很长,故称长楸。 ⑥雕弓搾柳:意思与"百步穿杨"相近。搾(zhà):射击。 ⑦紫萸:即茱萸,一种植物,重阳节时佩带在身上,据说可以避邪。 ⑧乌纱:古代官帽,视朝及宴见宾客时穿戴。 ⑨华发:头发花白。星星:白。

僧 挥

僧挥,俗姓张氏,名挥,安州(今湖北安陆)人。因事出家为僧,法名仲殊,字师利,居杭州吴山宝月寺,崇宁中自缢卒。苏轼称之为"蜜殊"。有《宝月集》七卷,不传。

金 明 池

天阔云高,溪横水远,晚日寒生轻晕。闲阶静、杨花渐少,朱门掩、莺声犹嫩。悔匆匆、过却清明,旋占得余芳,已成幽恨。却几日阴沉,连宵慵困,起来韶华都尽①。　怨入双眉闲斗损,乍品得情怀,看承全近②。深深态、无非自许,厌厌意、终羞人问。争知道、梦里蓬莱,待忘了余香,时传音信。纵留得莺花,东风不住,也则眼前愁闷③。

①韶华:美好时光。　②看承:特别看待。全近:极其亲近。　③也则:依然。

李清照

李清照(1084—1155?),号易安居士,济南人。十八岁嫁太学生赵明诚,曾在山东诸城居住近十年。宣和初年,明诚守莱、淄两郡,清照随之到任所。建炎三年(1129)明诚卒。清照此时流寓杭越一带,家国沦亡,亲人死难,一连串的打击既改变了她的人生道路,也对她的创作产生了深刻的影响。她是中国文学史上成就最大的女词人。有《漱玉词》。

如　梦　令

昨夜雨疏风骤,浓睡不消残酒。试问卷帘人①,却道海棠依旧。知否?知否?应是绿肥红瘦②。

①卷帘人:通常说法是指侍女。　②绿肥红瘦:叶多花少,晚春雨后的景象。

凤凰台上忆吹箫

香冷金猊①，被翻红浪②，起来慵自梳头。任宝奁尘满③，日上帘钩。生怕离怀别苦，多少事、欲说还休。新来瘦，非干病酒④，不是悲秋。　　休休⑤！这回去也，千万遍阳关⑥，也则难留。念武陵人远⑦，烟锁秦楼⑧。惟有楼前流水，应念我、终日凝眸。凝眸处，从今又添，一段新愁。

①金猊：狻猊形的铜香炉。　②被翻红浪：红锦被没有叠好，乱堆在床上。　③宝奁：精美的梳妆匣。　④非干：不相干。病酒：饮酒沉醉如病。　⑤休休：罢了，完了。　⑥阳关：指《阳关三叠》，是送别的曲子，源出王维诗《送元二使安西》："劝君更尽一杯酒，西出阳关无故人。"　⑦武陵：用刘晨、阮肇入天台山遇仙女的典故。此处指自己的爱人要去的遥远的地方。　⑧秦楼：即凤楼，相传是春秋时秦穆公的女儿弄玉和她的丈夫萧史飞升前的住所。两人在楼上吹箫作鸾凤鸣声，引来了凤凰。后来"秦楼"泛指女子的住所。此处指作者自己的居处。

醉花阴

薄雾浓云愁永昼,瑞脑消金兽①。佳节又重阳,玉枕纱厨②,半夜凉初透。　东篱把酒黄昏后③,有暗香盈袖④。莫道不消魂⑤,帘卷西风,人比黄花瘦⑥。

①瑞脑:一称龙瑞脑,香料。金兽:兽形的铜香炉。　②玉枕:瓷枕。纱厨:即纱帐。　③东篱:种菊花的地方。陶渊明《饮酒》诗:"采菊东篱下,悠然见南山。"把酒:持酒。　④暗香:指菊花的幽香。　⑤消魂:形容因极度思念而产生的凄黯情绪。　⑥黄花:即菊花。

声声慢

寻寻觅觅,冷冷清清,凄凄惨惨戚戚①。乍暖还寒时候,最难将息②。三杯两盏淡酒,怎敌他、晚来风急。雁过也,正伤心,却是旧时相识③。　满地黄花堆积,憔悴损,如今有谁堪摘④。守着窗儿,独自怎生得黑⑤?梧桐更兼细雨,到黄昏,点点滴滴。这次第⑥,怎一个愁字了得!

①戚戚：愁苦的样子。　②将息：调养，休息。　③旧时相识：指空中飞过的雁儿正是替她带过书信的老相识。如今丈夫已死，大雁再也不能为她带来慰藉和希望。　④有谁堪摘：有谁肯摘枯焦的菊花呢？此处借花写人，形容自己的憔悴。　⑤怎生得黑：怎么熬到天黑。　⑥这次第：这许多情况。

念 奴 娇

萧条庭院，又斜风细雨，重门须闭。宠柳娇花寒食近，种种恼人天气。险韵诗成①，扶头酒醒②，别是闲滋味。征鸿过尽，万千心事难寄。　　楼上几日春寒，帘垂四面，玉阑干慵倚。被冷香消新梦觉，不许愁人不起。清露晨流，新桐初引③，多少游春意。日高烟敛，更看今日晴未。

①险韵诗：以冷僻生疏、难押的字做韵脚的诗。　②扶头酒：烈性酒，容易醉人，故酒后须扶头。　③初引：初长。

永遇乐

　　落日熔金①,暮云合璧②,人在何处?染柳烟浓,吹梅笛怨③,春意知几许?元宵佳节,融和天气④,次第岂无风雨⑤。来相召,香车宝马,谢他酒朋诗侣。

　　中州盛日⑥,闺门多暇,记得偏重三五⑦。铺翠冠儿⑧,捻金雪柳⑨,簇带争济楚⑩。如今憔悴,风鬟雾鬓⑪,怕见夜间出去⑫。不如向帘儿底下,听人笑语。

①熔金:形容落日灿烂的颜色如同金属熔化。　②暮云合璧:暮云连成一片,如玉璧密合无缝。　③吹梅笛怨:笛子吹出来的是《梅花落》幽怨的曲调。　④融和天气:风日清和的天气。　⑤次第:转眼。　⑥中州盛日:指汴京(今开封)沦陷前的繁盛时期。河南古称中州。　⑦三五:即正月十五上元日。　⑧铺翠冠儿:妇女戴的饰有翠羽的帽子。　⑨捻金雪柳:女子在元宵节插戴的头饰。　⑩簇带:插戴着很多的饰物。济楚:整齐。　⑪风鬟雾鬓:头发蓬松散乱。　⑫怕见:怕让,懒得。

浣 溪 沙

髻子伤春慵更梳①,晚风庭院落梅初。淡云来往月疏疏。　　玉鸭熏炉闲瑞脑②,朱樱斗帐掩流苏③。遗犀还解辟寒无④?

①髻子:梳在头顶的发结。　②玉鸭熏炉:鸭形香炉。瑞脑:一种香料。　③朱樱:红色的樱桃样香包,是挂在帐子上的装饰品。斗帐:形如覆斗的帐子。流苏:用五色丝线捆扎而成的圆形下垂的装饰品。　④"遗犀"句:《开元天宝遗事》载:"开元二年冬至,交趾国进犀一株,色黄似金。使者请以金盘置于殿中,温温然有暖气袭人。上问其故,使者对曰:'此辟寒犀也。项自隋文帝时本国曾进一株,直至今日。'"犀:犀牛角。辟寒:驱除寒气。